Was Liebes für einen spannenden Krimi: Viel Freude beim Lesen wünscht Dir Michael

Eschers Feuerhaken

Kriminalroman von Michael G.Guiard

Erstausgabe im November 2012
Schmauder & Frey

Lektorat: Gunda Hinrichs
Umschlaggestaltung: Michael G. Guiard
Illustration: Michael G. Guiard
Foto: Yvonne Guiard
Gesamtherstellung: Top-Buch Lindemann
Printed in Germany

Für meine Frau Yvonne
die Königin der Farben

Alle Personen und deren Handlungen
in dieser Erzählung sind frei erfunden.
Ähnlichkeiten mit tatsächlich lebenden
Personen sind rein zufällig.

KAPITEL 1

Escher versuchte den Kopf so zu drehen, dass er den ganzen Raum überblicken konnte. Selbst diese kleine Bewegung kostete ihn unendlich viel Kraft. Die Fensterfront im Wohnzimmer fing das spärliche Sonnenlicht ein und beleuchtete seinen Therapiestuhl von hinten. Immer wenn er nicht genau den Anweisungen seiner Pflegerin folgte, drehte sie den Stuhl auf Leichtlaufrädern so in den Raum, dass Escher nicht durch das Fenster nach draußen schauen konnte. Das war ihre kleine Rache, wenn er sich einmal mehr danebenbenommen hatte. Eschers Kopf bewegte sich wieder zurück. Seine Schwäche zwang ihn in diese lächerlich schräge Haltung. Jetzt schaute er wieder auf den offenen Kamin, der sich an der rechten Wohnzimmerwand aus roten Ziegeln befand. Wie ein schwarzer Schlund. Weitläufig erinnerte ihn die Esse an den offenen Mund eines alten Greises.

Auf dem Kaminsims stand rein gar nichts. Nachdem seine Frau verstorben war, hatte er allen Krimskrams in einen Sack gepackt und dem Samariterbund gestiftet. Einziger Schmuck an dem sich nach oben verjüngenden Kamin war eine gusseiserne Ofenkachel mit der Abbildung eines alten Ritterwappens. Die schwere Platte wurde durch mehrere Metallwinkel an ihrem Platz gehalten.

Escher konnte sich glasklar daran erinnern, wo er die Kachel erstanden hatte. Das war am sechsten September 1970 gewesen, auf einem Flohmarkt direkt beim Campus der juristischen Fakultät in Tübingen. Ein vollbärtiger Student mit Hornbrille hatte ihm das gute Stück für damals vier Deutsche Mark überlassen. Wahrscheinlich hatte er die Antiquität irgendwo eigenhändig ausgebaut oder gestohlen. Escher wollte es gar nicht genau wissen. Aber an das Kaufdatum erinnerte er sich deshalb so genau, weil es der Geburtstag seiner Frau gewesen war. Eigentlich waren ihm die Studenten damals ein echter Gräuel gewesen. Dieses sinnlose Aufbäumen gegen Dinge, die man besser den zuständigen Instanzen überlassen sollte, war für ihn ein Zeichen von geistiger Unreife und nichts weiter als die Weigerung, erwachsen zu werden.

Damals war er in den besten Jahren seiner beruflichen Karriere und hatte einen Lehrstuhl an der juristischen Fakultät inne. Vorlesungen waren nie seine eigentliche Stärke gewesen. Dafür gab es kompetente Dozenten, derer er sich gerne bediente. Er war ein geistiger Arbeiter, der sich durch seine präzisen und reichlichen Veröffentlichungen international einen Namen erworben hatte. Ihm ging der Ruf voraus er besäße das „Jura-Gen“. Legendär war sein unfehlbarer Instinkt, das Problem einer Akte augenblicklich zu erfassen.

Aber auch seine unbarmherzigen Klausuren hatten so manche hoffnungsvolle Juristenlaufbahn vorzeitig beendet.

In Sachen Patentrecht genoss er einen einzigartigen Ruf und nahm bis zu seinem rapiden körperlichen Verfall im letzten Jahr regen Anteil am Diskurs zum Patentschutz. Seine internationale Korrespondenz war zum Erliegen gekommen. Escher hätte niemals für möglich gehalten, wie schnell man in Vergessenheit geraten konnte.

Er verspürte einen feinen Luftzug im Rücken, so als hätte jemand ein Fenster geöffnet. Sein Blick blieb an einer Stelle der Backsteinwand hängen. Dort war eine Halterung aus Metall angebracht. Darunter eine deutlich dunklere Stelle. Im Bruchteil einer Sekunde erkannte Escher, dass Feuerhaken und Feuerzange nicht mehr an ihrem Platz hingen. Der Schreck war so groß, dass er sofort hyperventilierte. Der Notrufknopf war nicht an seinem Platz. Stattdessen wühlte er verzweifelt in der Sitzauflage aus Lammfell. Panik stieg in ihm auf. Dann ging alles ganz schnell. Escher wurde eine Einkaufstüte über den Kopf gestülpt. Er schrie auf vor Entsetzen. Noch klammerte er sich an die vage Hoffnung, seine Pflegerin hätte sich einen üblen Scherz mit ihm erlaubt. Bei jedem Atemzug wurde es wärmer und feuchter unter dem Polyäthylen. Escher roch seinen eigenen alten Atem. Im letzten Moment gelang es ihm, sich wieder zu disziplinieren. Er versuchte in den Bauch hinein zu atmen. Obwohl sich das glatte Plastik bei jedem Atemzug auf Mund und Nase legte, gelang es ihm, die Luft in der Tüte von unten nach oben zu saugen. Er hörte, wie sich jemand am Kamin zu schaffen machte. Papier wurde zerknüllt und Holz aufgelegt. Escher kannte das Geräusch genau. Ein Feuerzeug entfachte den offenen Kamin. Innerhalb kurzer Zeit spürte er die Wärme zu seinen Füßen.

Das Knacken des Feuers verriet ihm, dass der Eindringling kein Hartholz verwendete. Womöglich hatte er sich an dem Nadelholz bedient, das an der Rückseite der Villa seit Jahren aufgestapelt lag. Qualvolle Minuten der Sprachlosigkeit verstrichen. Inzwischen loderte das Feuer unter der Esse. Escher schloss unwillkürlich die Augen. Endlich überwand er seine innere Lähmung und versuchte zu verhandeln.

„Ich bezahle Ihnen jeden Preis, wenn Sie mich am Leben lassen."

Eschers Stimme klang rostig und eigenartig kühl. Er verfiel in den sachlichen Ton, den er jahrzehntelang als Jurist kultiviert und gepflegt hatte.

„Ihr Auftraggeber muss nichts davon erfahren. Ich bin ein alter Mann und werde sowieso bald sterben."

Statt einer Antwort ruckte der Therapiestuhl sanft an, bevor er langsam nach vorne Richtung Feuer geschoben wurde. Escher brach der Angstschweiß aus.

KAPITEL 2

„Wie nun? Ist der Mann da, oder hat er sich in eine Kneipe gesetzt, um ein paar Bier zu trinken?"

Der Polizeibeamte war nicht einer der geduldigen Sorte. Lustlos tippte er während des Telefonats mit zwei Fingern einen Bericht in den Computer. Inzwischen glaubte er einen guten Riecher entwickelt zu haben, wenn es darum ging, Probleme bereits fernmündlich zu klären. Die Frau am anderen Ende telefonierte von einem Handy aus mit Prepaidkarte. Sie sprach mit stark osteuropäischem Einschlag, vermutlich polnisch.

„Verstehen Sie mich? Ist Ihr Mann vielleicht bald wieder zuhause?"

Die Frau begann hysterisch zu werden und schrie ins Telefon. Der Polizeiobermeister strich sich über die dunkelgrüne Schulterklappe mit drei Sternen und verdrehte die Augen.

„Was haben Sie da gefunden? Wiederholen Sie das bitte noch mal!"

Plötzlich war der Beamte hellwach. Sie wiederholte, dass nur noch ein Bein des Professors im Wohnzimmer vor der Feuerstelle lag.

„Hören Sie bitte! Ich brauche eine genaue Adresse und

ihren Namen."

Die Frau nannte ihren Vornamen.

„Wie? Wladyslawa mit Ypsilon. Piecek war der Nachname. Hören Sie, ich schicke eine Streife vorbei. Bleiben Sie dort im Haus und fassen Sie bitte nichts an!"

Im selben Moment ging ihm auf, was für ein Blödsinn es war, einer polnischen Haushälterin anzutragen, keine Fingerabdrücke im Haushalt zu hinterlassen. Bei der Spurensicherung kam der Daktyloskopie eine wichtige Rolle im Zuge der Beweissicherung zu. Es war nahezu unmöglich, einen Kontakt zwischen zwei Objekten zu vollziehen, ohne Spuren zu hinterlassen. In diesem Fall war das Bein des mutmaßlichen Opfers das erste, und eine ausgedehnte Blutlache das zweite Objekt. Polizeiobermeister Radtke kam ziemlich schnell in die Gänge. Von einer Sekunde zur anderen hatte sich die Routine zu einem Adrenalinschub entwickelt. Den spürte er regelmäßig bei einem begründeten Verdacht auf ein Verbrechen. Dabei verließ er sich einmal mehr auf seine langjährige Erfahrung. Wenig später jagte eine Wagenkolonne mit Blaulicht über den Nordring. Die Fahrzeuge verringerten das Tempo kaum in der Dreißigerzone und kamen vor einer der Flachdachvillen zum Stehen.

KAPITEL 3

Sven Nickel steckte genüsslich eine Brezel in den Rest seiner Latte. Er liebte es, wenn sich das Laugengebäck mit Kaffee vollsog, um dann mit einem zarten Schmelz im Mund zu zergehen. Sein Großvater hatte die Vorliebe, Brezeln im Kaffee regelrecht zu ersäufen. Nickel hatte diese Technik verfeinert und sich zu eigen gemacht. Der Übergang frischen Laugengebäckes zu einem köstlich schmeckenden Nahrungsbrei bereitete ihm unerhörten Genuss. Er erlebte sozusagen bei diesem Akt, wie sich die Textur live veränderte. Nickel hielt sich die knusprigste Stelle der Brezel vors Gesicht:

„Dich habe ich mir bis zum Schluss aufgespart!"

Sekunden später vollzog sich wieder das Wunder der Verwandlung im Milchkaffee. Aus dem Augenwinkel heraus sah er durch ein Fenster des Kaffeehauses eine städtische Beamtin vorübergehen. Augenblicklich geriet er in innere Unruhe. Die Politesse verharrte bei zwei Fahrzeugen im Halteverbot und umkreiste dann ihre Opfer wie ein großer Raubvogel.

„Nicht gut!"

Entfuhr es Nickel. Er schnappte sich seine Bäckertüte und

raffte Handy und Autoschlüssel zusammen. Nachdem er noch hastig drei Euro auf dem Tisch deponiert hatte, lief er auf die Straße. Von links und rechts strömten Passanten, Studenten und Besucher in die Ausläufer der Altstadt. Die Nichtbeamtin trug den Einheitslook der freiwilligen Stadtpolizei betont streng. Irgendwie anziehend dachte Nickel. Sie sah aus, als hätte sie genauso viel Zeit am Morgen vor dem Spiegel zugebracht, wie er am Abend vor dem Fernseher. Wie schafften es Frauen, selbst der Uniform eine individuelle Note zu verpassen? Nickel näherte sich vorsichtig, so, wie man einem gefährlichen Raubtier gegenübertritt. Er entschloss sich für die „Hilfsbereiter-Enkel"-Strategie.

„Bin ich ein Trottel! Jetzt habe ich die Blumen für Oma vergessen!",

rief er vernehmlich und schlug sich mit der flachen Hand gegen die Stirn. Sie zückte ihren tragbaren Knöllchendrucker, ohne von ihm Notiz zu nehmen.

„Entschuldigen Sie bitte, aber Großmutter ist schlecht zu Fuß und ich wollte sie hier einfach abholen. Das geht doch? Dauert auch nicht lange."

Die Hilfspolizistin schlug nicht einmal die Augen auf und tippte unbeeindruckt das Kennzeichen, Datum und Standort des Wagens in das mobile Eingabegerät. Nickel jetzt mit Dackelblick:

„Und wenn ich ganz lieb frage, ob ich noch schnell wegfahren darf?"

Ein Blick aus Trockeneis streifte ihn am Ohrläppchen, dann entgegnete sie:

„Vrsuuchs ers gar nich!"

Nickel rechnete seine Chancen aus. Im Moment tendierten sie gegen Null. Die Amazone aus Sachsen gewährte ihm einen mitleidigen Blick. Ein kurzer Moment der Hoffnung, dann besiegelte der Minidrucker das Bußgeld. Das stahlharte Ostmädel hob den Wischer an und klemmte den Schriftsatz gegen die Scheibe des alten Passat. Emotionslos verließ sie den Tatort in Richtung Altstadt. Nickel griff sich das Knöllchen und steckte es ein, ohne es zu lesen. Er sah der Hilfspolizistin nach, bis sie um die Ecke verschwunden war. Dann zeichnete sich ein stilles Lächeln auf seinen Mundwinkeln ab. Er ging um den Passat und beugte sich zum Kennzeichen hinunter. Es war keine wirklich neue Masche und er fragte sich, wie oft er diese Nummer noch abziehen konnte, bevor man ihn erwischte. Das Rezept war wirklich einfach. Man nehme ein „Nummernschild", das den straßenverkehrsrechtlichen Vorschriften entspricht. Also alle Kennzeichen, die mit einer reflektierenden Folie beschichtet sind. Im Internet wird empfohlen, am besten eines zu entwenden, da es an den meisten Personenwagen nur unzulänglich angebracht ist. Mit einem Cutter durchtrenne man die aufgebrachte Folie rund um den Stempel. Ein Taschenmesser wird unter die Folie geschoben und angehoben. Mit einer Pinzette hebe man den Stempel an und kann ihn dann einfach abziehen, ohne das er zerstört oder verändert wird. Man versehe den Stempel auf der Rückseite mit Klebefolie. Nun noch schnell die Eintrittskarte zum Straßenverkehr auf eine beliebige Nummerntafel aufgerieben. Fertig ist ein augenscheinlich zugelassenes Kfz-Kennzeichen. Pfeifend öffnete Sven die Tür seines Vehikels und erfreute sich an der wirklich einmalig hässlichen Lackierung. Gerade als er den Gang einlegen wollte, vibrierte das Handy in seiner Hosentasche. Die Vibrationen des Dieselaggregats waren so heftig, dass er es beinahe nicht bemerkt hätte. Nickel hielt sich den Hörer gegen die undurchdringliche Matte aus dunklem Haar, dort wo er sein Ohr vermutete. Er lauschte eine ganze Weile mit unbewegter Miene. Dann fragte er in einem Anflug von grenzenlosem Erstaunen:

„Wo bist du? Bleib einfach genau dort, ich fahre sofort los!"

In diesem Moment klopfte jemand an die Scheibe der Fahrertür. Es war wieder der Racheengel aus dem Osten. Nickel sah die Hilfspolizistin fassungslos an. Dann betätigte er den Fensteröffner. Mit ungesundem Rucken und Geräuschen bewegte sich die Scheibe einen Spalt nach unten. Die Ordnungshüterin reichte ihm die nächste Verwarnung wegen Telefonierens am Steuer bei laufendem Motor.

KAPITEL 4

Am Set tat sich nicht viel. Langsam bekam Luna Baum Hunger. Ständig nur irgendwelches Zeug vom Bäcker oder vom Pizza-Inder essen, mochte sie nicht. Ihr Chef dagegen hatte einen Verdauungstrakt wie eine Tüpfelhyäne. Unzählige Tassen Kaffee, ohne Milch und Zucker, hatte er heute schon in sich hineingekippt. Zwar hatte er sich das Rauchen abgewöhnt, aber notstandshalber durch Unmengen von Junkfood ersetzt. Das machte sich in Form von unförmigen Polstern um seine Hüften bemerkbar.

Im Sommer brachte er die Disziplin auf, jeden Morgen vor dem Studiobetrieb im Freibad ein paar Bahnen zu ziehen. Während des langen Winters verwandelte sich die Muskelmasse jedoch wieder in Fett. Sie fragte sich verwundert, weshalb er trotzdem so gut auf Frauen wirkte. Seine Haare waren ungepflegt und hingen herunter wie verrostete Korkenzieher. Er hatte Hängebäckchen und wirkte leicht untersetzt. Kein Zweifel, eine Schönheit war er nicht. Sein Bedürfnis nach Körperhygiene war auch nicht übertrieben ausgebildet. Ihr Chef hatte die Angewohnheit, oft mit nassen Haaren im Studio zu erscheinen. Luna hatte den Verdacht, dass er sich die Wolle gerne mal über dem

Waschbecken wusch. Nun, man konnte sein Auftreten als ziemlich lässig bezeichnen.
Was war es also, das die jungen Dinger Schlange stehen ließ vor der Studiotür? Luna hatte ihre eigene Theorie. Klaus Jürgen Mesmann verstand es, Mädchen auf ein Podest zu stellen und vielerlei Hoffnungen in ihnen freizusetzen. Er war ein lächelnder Verführer, der seine Modelle niemals berührte. Das war Teil seines Spiels. Er schaffte es, sich auf eine Ebene mit ganz jungen Mädchen, aber ebenso mit reifen Frauen zu begeben. Ihm gelang es meistens, alle Vorbehalte und Ängste so weit in den Hintergrund treten zu lassen, dass sich die Kandidatinnen sicher in seinen Händen fühlten. Die Zeiten, wo ihm Agenturchefs und Industriekunden mit ihren Anforderungen im Genick saßen, waren längst vorüber. Er weinte ihnen keine Träne nach. Als das Geschäft durch den Einzug der Digitalfotografie eine revolutionäre Wendung nahm, war er einer der ersten gewesen, die auf das neue Medium gesetzt hatten. Das hatte technisch und wirtschaftlich vieles verändert. Damals hatte er der Werbefotografie den Rücken gekehrt. Aber eines war geblieben: Menschen wollten abgebildet werden, immer und immer wieder. Das tat er jetzt schon fast fünfunddreißig Jahre und war noch so hungrig wie am ersten Tag, als er sein Fotostudio eröffnete.

„Spiel mir die Session von heut morgen auf den Mac rüber, ich will mir das Zeug noch mal kurz ansehen", forderte er knapp und schob sich den Rest von einem Cheeseburger zwischen die wulstigen Lippen. Luna nickte und machte sich am Rückteil einer teuren Studiokamera zu schaffen. Sie zog ein dünnes Kabel ab und markierte die entsprechenden Daten auf dem Server, um sie ihrem Chef auf dessen archaisch anmutenden iMac zu übertragen. Mesmann hatte es sich hinter dem siebenundzwanzig Zoll Monitor bequem gemacht. Sehr viel größer waren die Mattscheiben seiner Kundschaft rund um den Globus nicht. Was der Monitor hier an Abbildungsqualität bot, reichte bei weitem aus, um auch die anspruchsvollsten Internetnutzer zufriedenzustellen.

„Sei bitte so gut und platziere mir die Contents gleich an die richtigen Stellen auf der Seite!",

rief er quer durchs Studio zu seiner ewigen Praktikantin hinüber. Das Fummeln an den Seiten überließ er gerne anderen. Außer Luna hatte er auch noch einen Webdesigner angestellt, der stundenweise alle anfallenden Arbeiten erledigte.

„Ach Shit! Jetzt habe ich den Kaffee ausgeleert! Bringst du mal einen Lappen aus der Küche mit? So eine Sauerei!"

Luna setzte sich mit gleichgültiger Miene in Bewegung. Das kam fast täglich vor. Irgendetwas fand ihr Chef immer, was sich über wichtige Unterlagen, empfindliche Geräte oder Ähnliches schütten ließ. Auch das war eine Eigenart, die es auszuhalten galt. Luna tauchte mit dem gewünschten Lappen und einem kleinen blauen Eimer beim Schreibtisch auf. Mesmann beklagte sich:

„Diese dämlichen Tassen haben einen viel zu kleinen Boden! Die müssen ja einfach umfallen. Wird Zeit, dass wir die kicken!"

Luna nahm den Kampf mit den Kaffeefluten auf dem Schreibtisch auf. Beinahe gleichzeitig starrten sie beide auf den geöffneten Bildschirm. Statt der erwarteten

Farbaufnahmen stand da in weißen Buchstaben zu lesen:
„Du sollst nicht begehren deines Nächsten Weib."
Nur das, in Dreißig-Punkt-Buchstaben. Mesmann wurde bleich:

„Geht das schon wieder los?",

sagte er leise, dann wandte er sich an seine Assistentin:

„Ruf sofort den Nickel an. Er soll sich zügig hierher bewegen!"

Luna sah die zwei Tropfen Angstschweiß ganz genau, die sich über den Augenbrauen ihres Chefs gebildet hatten.

KAPITEL 5

„Ich brauche noch eine Aufnahme von der Wand, samt der Feuerstelle. Ja so!"

Der Mitarbeiter des Erkennungsdienstes tat dem Kriminalbeamten gerne den Gefallen. Er war noch nicht sehr lange dabei und wollte es deshalb jedem recht machen. Die Kollegen ließen ihn umhertanzen. Das gehörte zum Ritual für Neueinsteiger. Der junge Mann mit dunklen Augen und einem verschmitzten Lächeln fügte sich gerne in die Rolle. Das Objektiv der digitalen Spiegelreflexkamera fuhr heraus. Leistungsstarke Bildstabilisatoren im Inneren sorgten für brillante Aufnahmen auch bei wenig Licht. Überbelichtete Tatortfotografien gehörten längst der Vergangenheit an. Vor dem Kamin in einer Blutlache lag das Bein eines Mannes. Eigentlich war es ja eine Prothese, aber die sah so verblüffend echt aus, dass man zweimal hinsehen musste, um sie als künstliches Bein zu entlarven. Ebenso verhielt es sich mit der vermeintlichen Blutlache. Der Geruch deutete auf einen mäßig teuren Rotwein hin.

„Wenn da oben keine Schale für einen Beinstumpf eingelassen wäre, könnte man es auf die Schnelle wirklich für ein abgetrenntes Glied halten", nuschelte Kommissar Brucklacher amüsiert und sah zu Radtke hinüber. Der fühlte sich richtig schlecht. Nicht die Spur von Erleichterung, weil hier offensichtlich kein Opfer zu beklagen war. Im Moment musste er den Kollegen von der Kripo sein altes Hinterteil darreichen. Die machten jetzt freudig davon Gebrauch, ihn in dasselbe zu treten. Nicht alle auf einmal, so richtig derb; es waren eher die kleinen Tritte, die wehtaten.

„Und die Zeugin hat also ausgesagt, dass sie hier alles so angetroffen hat?"

Eine unnütze Wiederholung, befand der Polizeiobermeister, nur wieder dazu geeignet, die Häme in die Länge zu ziehen. Radtke verfluchte sich selber. Weshalb hatte er gleich alle Hebel in Bewegung gesetzt? Hatte ihm sein Bauchgefühl einen solchen Streich gespielt? Und überhaupt war es eine blöde Idee gewesen, gleich selber noch hier aufzutauchen. Sogar nach dreißig Jahren bestand die Möglichkeit, in einen stinkenden Haufen zu treten, stellte er bedauernd für sich fest.

„Warum liegt das Kaminbesteck auf dem Boden?
Da liegt doch was in der Glut!"

Der Kommissar fragte ungeduldig in die Runde. Die Männer von der Spurensicherung hatten nach der Entwarnung ihre Ausrüstung schon wieder in ihrem Dienstfahrzeug verstaut. Einer reichte dem leitenden Beamten den verzierten Feuerhaken. Brucklacher stocherte vorsichtig in der warmen Asche nach einem runden Gegenstand. Aus der Glut glotzte den Männern ein rundes Auge mit aufgerissener Pupille entgegen.„Ich werd verrückt! Ein Glasauge inmitten von halb verkohlten Büchern.

„Jetzt schlägt's aber dreizehn!"

Der Kommissar runzelte die Stirn, seine Stimmung schlug um. Es sah ganz danach aus, als wolle man ihn hier zum Narren halten:

„Packt das alles ein! Bein und Auge! Wer weiß schon, was das hier werden soll."

Dann wandte er sich abrupt an Radtke und winkte ihn mit dem Finger heran. Er bedeutete ihm den Weg zur Kellertreppe. Die Kollegen von der Spurensicherung sahen sich wenig interessiert im Wohnzimmer um. Radtke folgte dem ranghöheren Beamten die Treppe hinunter. Hier befand sich eine zweite Wohnung mit völlig überaltertem Mobiliar. Die Waschküche sah aus, als befände man sich in der Requisite einer Fünfzigerjahre-Filmproduktion. Das passte gar nicht zu der wertvollen Ausstattung der Wohnung im Parterre.

„War wohl ein ziemlich berühmtes Tier, der Professor. Habe ich mir jedenfalls sagen lassen",

begann der Kommissar und fuhr mit der Hand über ein steinaltes Küchenbuffet. Kein Stäubchen klebte an dem Möbelstück. Er lachte:

„Die Generation Bohnerwachs verabschiedet sich langsam, habe ich das Gefühl."

Der Polizeiobermeister wollte das hier so schnell wie möglich hinter sich bringen.

„Das ist eine ziemlich flache Sache hier. Wir haben unsere Zeit nicht gestohlen!"

Radtke nickte beschwichtigend mit dem Kopf. Er wollte nicht riskieren, dass der Kommissar noch mehr ins Detail ging.

„Und jetzt fahren sie mich ins Revier zurück."

Der Angesprochene wollte gar nicht an die Hänseleien auf dem Revier denken, wenn die Geschichte erst einmal durchgesickert war. Solche Storys standen ganz oben in der Beliebtheitsskala. Sicher würde es wochenlang für Erheiterung sorgen. Radtkes Bauchgefühl hatte immer noch keine Entwarnung gegeben. Irgendwas gefiel ihm nicht an dem vordergründigen Spiel mit grausigen Requisiten. Er fragte sich, ob jemand sich ganz bewusst für einen solchen Abgang entschieden hatte, um mit langer Nase von der Bildfläche zu verschwinden, oder ob es nicht doch einen verborgenen Hinweis auf ein Gewaltverbrechen gab. Er fühlte sich unwohl in diesem Haus. Sein Gefühl sagte ihm, dass noch irgendetwas geschehen würde. Die versammelte Mannschaft von Beamten hatte bereits das Interesse verloren. Irgendetwas war gesagt worden, was wichtig sein konnte, aber es fiel ihm nicht mehr ein. In diesem Moment tauchte einer der Männer der Spurensicherung am oberen Treppenabsatz auf. Schon sein Gesichtsausdruck verriet eine neuerliche Wendung:

„Das müssen Sie sich ansehen, Chef!"

KAPITEL 6

Es hatte geschneit in der Nacht. Der steile Wald an den Hängen der schwäbischen Alb sah aus, als hätte man die Baumwipfel mit einer riesigen Puderzuckerdose bestäubt. Wie in jedem Jahr kam der Winter für alle Autofahrer völlig überraschend. Aus Kellern und Garagen wurden die Winterreifen auf Stahlfelgen zu Tage gebracht. Wer noch mit Sommerbereifung unterwegs war verspürte den Drang nach Sicherheit im Straßenverkehr, ganz gleich, ob das Fahrzeug die meiste Zeit in der Garage stand oder sein Besitzer täglich die Republik durchquerte.

Nickel scherte das alles einen Dreck. Seine neueste Errungenschaft war ein Laguna für zweitausend Euro in graumetallic. Der Wagen besaß noble Lederausstattung, Automatik und einen unverwüstlichen Sechszylindermotor. Bei ebay hatte er eine blaue Heckklappe für vierzig Euro ersteigert, welche jetzt einen haarsträubenden Farbkontrast zur restlichen Lackierung bildete. Aber genau das traf sein Empfinden für gestalterische Freiheit auf den Punkt. Da, wo es anderen die ästhetischen Fußnägel aufrollte, schlug Nickels Designerherz. Die Karre würde ihm gut und gerne noch fünf Jahre halten. Genau das hatte er von dem verblichenen Passat auch behauptet. Nicht einmal einen Sommer hatte ihre Freundschaft überdauert, dann hatte er ihn an einen Afrikaner verscherbelt. Irgendetwas roch streng im Kofferraum der Neuerwerbung. Ansonsten bot das Gerät jede Menge Fahrspaß mit und ohne Winterreifen.

Er war auf dem Weg durch Reutlingen. In seinem Blog hatte es eine aktuelle Radarwarnung gegeben. Genau dort zog es ihn jetzt hin. Im Fußraum vor dem Beifahrersitz glommen diskret die Leuchtdioden eines Zwei-Komma-fünf-Watt-Störsenders. Er bog nach links in die Kaiserstraße und gab ordentlich Stoff in der Dreißigerzone. Der Renault zog mit sanftem Schnurren bis zur ersten roten Ampel. Als er in Höhe des Finanzamtes angelangt war, zeigte er den obligatorischen Mittelfinger Richtung Amtsgebäude. Dann hielt er Ausschau nach einem dunkelblauen VW-Bus T4 am Straßenrand. Jetzt galt es eine Parklücke ganz in der Nähe zu finden, also maximal in dreißig Metern Entfernung.

Ein Rentner mit weißem Haarkranz tat ihm den Gefallen und parkte seinen „opasilbernen" Golf plus aus. Nickel ließ dem alten Menschen alle Zeit der Welt für diese Operation und parkte dann rückwärts in Sichtweite der Drilling-Lichtschranken. Er griff sich ans Ohr, aktivierte seinen Bluetooth-Kopfhörer und drehte die Frequenz seiner Funke auf 434,700. Nickel achtete bei jeder Durchfahrt des nachfolgenden Verkehrs auf ein leicht hochfrequentes Knacken. Das musste beim Einheitssensor der Eso dann zu hören sein, wenn die Lichtschranke auslöste. Ein armes Schwein in einem alten Meriva passierte die Anlage mit etwa vierzig Sachen, und sofort war der rote Blitz da. Nickel empfing das Knacken mit seinem Handfunk auf Anhieb, als die Drillingslichtschranke Kamera und Blitz auslöste. Jetzt legte er die Frequenz des Störsenders fest und steckte den handlichen Apparat in einen städtischen Hundekotbeutel. Dann stieg er lässig aus und deponierte den Plastiksack in einem öffentlichen Mülleimer in der Nähe. Befriedigt kehrte er in seinen Laguna zurück und überholte den T4 gemächlich. Noch im Rückspiegel sah er, wie die Lightshow begann. Der rote Blitz löste unaufhörlich aus. Sven Nickel grinste genüsslich, als er sich die Beamten beim Fummeln an ihrer Anlage vorstellte. Für heute war das gute Werk getan. In ein paar Stunden würde er sich seinen Störsender wieder aus dem Müll angeln. Das Störsignal zurückzuverfolgen war fast nicht möglich. Das Gerät arbeitete nach dem Zufallsprinzip und kehrte selbsttätig nach einem Einsatz in den Ruhemodus zurück. Für einen kurzen Moment reizte ihn der Gedanke, um den Block zu fahren und nochmals viel zu schnell an dem T4 vorbeizurauschen. Er war vorsichtig genug, den Impuls zu unterdrücken.

„Übermut tut selten gut!",
sagte er zu sich selbst und machte sich auf den Weg zu seinem Kunden.

KAPITEL 7

Es kam schlimmer, als Radtke es sich vorgestellt hatte. Schon als er mit dem Kommissar die Kellertreppe der alten Villa hochstieg, wehte ihnen ein bestialischer Gestank entgegen. Die nächste halbe Stunde gehörte zu jenen, welche Polizeibeamte gerne ersatzlos aus ihrer Erinnerung streichen würden.

„Um Gottes Willen, was ist das?",
entfuhr es dem Kommissar. Seine Hand legte sich reflexartig gegen Mund und Nase. Schwaden von Cadaverin und Pudrescin verursachten ihm Brechreiz. Der Kriminaltechniker reichte ihm einen Einmalschutzanzug, Handschuhe und Mundschutz.

„So was habe ich überhaupt noch nicht gesehen. Dort hinten in dem Anbau über der Garage."
Er verwies auf den Flur, welcher die einzelnen Zimmer miteinander verband. Am Ende des Korridors war nachträglich eine Tür eingebaut worden. Sie führte in ein Zimmer über der Garage. Polizeiobermeister Radtke folgte den beiden vorsichtig. Zu sehen war zunächst nur das Blitzlicht des Fotografen, welcher ohne Unterlass Aufnahme

um Aufnahme schoss.

„Es gibt so eine Art Schleuse mit Zwangsentlüftung und vermutlich einer Filteranlage nach draußen. Deshalb haben wir nichts gerochen",

nuschelte der Techniker der Spusi in seinen Mundschutz. Radtke fragte sich, warum jetzt beide Türen sperrangelweit offen standen. Wenigstens eine davon hätte man ja wieder schließen können. Jetzt stank es bestialisch im ganzen Haus. Als sie durch die Schleuse traten, trafen sie auf die ganze kriminaltechnische Mannschaft in weißen Schutzanzügen. Es war nicht weiter schwer, den Herd des Gestanks zu lokalisieren. Der Raum musste deutlich später als der Rest des Hauses erbaut worden sein. Eine weiß überstrichene Acryltapete deutete auf die neunziger Jahre hin. Auf den Fliesen stand eine klar abgegrenzte Lache, welche die halbe Fläche des Bodens einnahm. Eigentlich passte das Laborambiente des Zimmers überhaupt nicht zu dem durchgängigen Siebzigerjahre-Stil der Villa. Die Lache war aus einer weit geöffneten Gefriertruhe ausgetreten. Der Inhalt war von der Tür aus nicht ersichtlich, aber die Innenbeleuchtung der Truhe warf bizarre Schatten an die weiße Kassettendecke. An der Längsseite des Raumes war ein überdimensional langes, flaches Spülbecken aus Cromargan eingebaut worden. Darauf befanden sich nebeneinander circa zehn Plastikboxen mit Deckel. Bei genauerem Hinsehen durchsichtige Supermarktware auf kleinen Rädern, angeboten als Aufbewahrungssystem. Beunruhigende Formen zeichneten sich im Inneren der Boxen deutlich ab. Oberschenkelknochen, Rippenbögen, Schädelknochen. Alles deutete auf menschliche Überreste hin. Aber nicht sorgsam frei präpariert und beschriftet, das hätte den wissenschaftlichen Laborcharakter bestätigt. Die Überreste steckten in einer grauen Masse. Teile von Kleidung waren noch ersichtlich. Selbst ein Laie konnte erkennen, dass es sich um Leichenteile handelte, die sich schon länger im Erdreich befunden hatten.

„Wir brauchen einen Pathologen",
bemerkte Brucklacher und tippte die entsprechende Kurzwahl in sein Handy. Radtke fielen indessen mehrere Steine von der Seele. Er freute sich regelrecht, dass man doch noch etwas gefunden hatte. Der Vermisste befand sich vermutlich nicht in einer der Plastikboxen, aber da gab es ja noch die offene Gefriertruhe...

„Das Ding stand schon offen, als wir hier reinkamen!", nahm der Techniker vorweg. Der Kommissar hätte sicher ebenfalls gleich danach gefragt. So blieb ihm nur ein verständiges Brummen. Er scheute sich, an die Truhe heranzutreten. Das hätte bedeutet, durch die stinkende Lache waten zu müssen. Der Kriminaltechniker reichte ihm zwei Plastikstulpen mit Gummizug. Unwillig zog der leitende Beamte sie über seine Sneakers. Vorsichtig trat er in die glänzende Lache. Als er den Fuß wieder vom Boden abhob, ergab sich ein schmatzendes Geräusch. Radtke beneidete ihn nicht. Für einen kurzen Moment schielte Brucklacher über den Rand der Truhe. Er hatte genug gesehen. Als er sich umdrehte, machte er einen entschlossenen Eindruck:

„Ich möchte, dass ihr hier alles umdreht! Fordert Verstärkung an, das stemmen wir nicht ohne Unterstützung! Und ich habe noch ein paar Fragen an die Haushälterin."

KAPITEL 8

„Bilde dir ja nichts darauf ein, Krause! Du bleibst einer von vielen Knackis hier drin! Auch wenn du jetzt einen Stein im Brett hast beim Anstaltsleiter. Die meiste Zeit hast du es mit mir zu tun. Haben wir uns verstanden?"

Der Vollzugsbeamte schob sein Notebook mit UMTS-Stick zurück in seine Sporttasche. Nicht einmal zehn Minuten hatte er den Raum verlassen, um zur Toilette zu gehen. Arved Krause hielt sich zurück, um den Schließer nicht zu provozieren. Er hatte keine Angst, denn er wusste jetzt ein paar Dinge, die den Beamten angreifbar für ihn machten. Irgendwie tickte die Welt überall gleich. Es kam nur darauf an, die richtigen Informationen unbemerkt abzugreifen. Und das war ihm gelungen. Eigentlich fast zu leicht, um wahr zu sein. Der Schliesser machte krumme Geschäfte.

Der Beamte hatte versäumt, nach dem Surfen im Internet seine Hinterlassenschaften in den verschiedenen Speichern seines Computers sicher zu löschen. Nicht einmal fünf Minuten hatte es gedauert, sein Passwort zu hacken, um sich umzusehen. Eigentlich war auch das Leben hier im Knast wie eines der zahllosen Strategiespiele für den Computer.

Jeder intelligente Zug verkürzte den Weg bis zur nächsten Spielebene. Er versuchte das nächste Level zu erreichen. Andere Anstrengungen hatten direkt ins Leere geführt. Bislang war es ihm nicht gelungen, einen Internetzugang in seiner Zelle einzurichten.

In der Vergangenheit hatte es schon Insassen gegeben, die mit zweckentfremdeten elektronischen Kleingeräten solch ein Kunststück geschafft hatten. Aber die Justiz hatte daraus gelernt und den Besitz von Rechnern unter strenge Auflagen gestellt. Für Arved stand so ein riskantes Manöver nicht zur Debatte. Er wollte keinesfalls seine kleinen Freiheiten verlieren. Er baute auf seinen Ruf als ausgesprochenes Computergenie. Da es immer irgendwelche Probleme mit den „Dosen" gab, flogen ihm die Gelegenheiten einfach so zu. Jüngst hatte er den abgestürzten Rechner des Anstaltleiters in rekordverdächtigen dreizehn Minuten wieder flott gemacht. Oberregierungsrat Schlick war sehr beeindruckt gewesen. Eigentlich war diese illegale Beschäftigung eines Strafgefangenen durch keine gesetzliche Regelung zu rechtfertigen, aber unter der Hand gab es sie eben doch. Man konnte niemandem einen Vorwurf machen. Arved Krause hatte eine ausgesprochen seltene Begabung. Hinter dem harmlosen Gesicht schlummerte ein scharfer Verstand, der jede Schwäche seiner Mitmenschen ohne jegliche moralische Bedenken ausnutzte. Ohne Skrupel tat er alles, was ihn seinem jeweiligen Ziel näher brachte. Insofern unterschied er sich nicht von den Schreibtischtätern rings um den Globus. Mit dem feinen Unterschied, dass jene sich bemühten, ihr Tun zu verbergen. Arved brauchte dann und wann Bestätigung von außen. Genau diese Eitelkeit hatte ihn schon mehrere Male ins Gefängnis gebracht. Er konnte der Versuchung nicht widerstehen und hatte bei seinen illegalen Aktionen einen versteckten Hinweis auf seine Person hinterlassen. Alles, was er als „sein Werk" betrachtete, versah er mit den drei Buchstaben E-G-O. Eigentlich völlig unnötig und widersprüchlich zu seinem sonstigen Verhalten. Aber er war der festen Überzeugung, dass Künstler ihr Werk signieren müssen. Arved plante den Coup seines Lebens, und auch dieses Mal sollte jeder, der genug Grips im Kopf hatte, erfahren können, wer der Urheber des Geniestreiches gewesen war.

KAPITEL 9

„Wer bewahrt sich denn so etwas zu Hause auf? Das ist doch total krank!"

Der Kommissar drehte sich zur Seite. Immer dann, wenn er dachte, nichts könne ihn mehr so richtig überraschen, lag wieder so ein Zeugnis menschlicher Abgründe auf einem der Seziertische der Rechtsmedizin.

„Eigentlich hat das hier gar nichts zu suchen",
antwortete der alte Pathologe im Ruhestand und zog sich die Gummihandschuhe über. Dann stellte er den Abzug am Sektionstisch auf Null.

„Das mit der Fäulnis trifft nicht zu. Riechst du was?"
Vorsichtig nahmen beide eine Nase von den menschlichen Überresten. Der Kommissar schüttelte den Kopf.

„Riecht wie frischer Humus oder so was."
Professor Dr. Borchmann kam zu einer ersten groben Einschätzung.

„Wie man sieht, ist alles von einer festen, bröseligen Masse umschlossen. Das ist Leichenlipid. So ein Fettpanzer bildet sich unter relativem Luftabschluss in feuchtem, kaltem Milieu. Normalerweise werden die

Fettsäuren einer Leiche durch den Verwesungsprozess abgebaut."

Er machte eine ausladende Bewegung mit der Hand über vier Leichenmulden aus Edelstahl.

„Alle diese menschlichen Überreste haben lange Zeit in lehmigem Boden gelegen. Vermutlich sogar im Grundwasser. Eine kleine Armee von Wachsleichen habt ihr mir da angeschleppt. Die Unordnung hat vermutlich eine Baggerschaufel angerichtet."

Ohne seinen Blick von den Artefakten zu wenden, reichte er dem Beamten ein Papier. Der Kommissar nahm den Ausdruck entgegen und überflog die Auflistung von Untersuchungsergebnissen.

„Oh je! Sieht nicht gut aus."

Der Emeritus unterbrach ihn.

„Kurzum, jemand hat die Kühltruhe offenstehen lassen. Das aufgetaute Gefriergut hat seine Aromen im ganzen Haus entfaltet. Pech gehabt, mein Lieber! Das hier war kein Gewaltverbrechen. Im Höchstfall Störung der Totenruhe oder Leichenschändung. Die Inhalte der Gefrierbeutel am Tatort waren ausschließlich tierischen Ursprungs."

„Ich bin natürlich froh, dass alles so schnell eine Aufklärung gefunden hat."

Man sah dem Kommissar an, wie er litt. Dieser Auftritt in der Rechtsmedizin war blamabel. Nicht nur, dass er seinen Freund, den ehemaligen Institutsleiter, aus dem Wochenende geholt hatte. Wie sollte er den Aufwand bei den Kollegen nun rechtfertigen? Zumindest die einberufene Sonderkommission konnte er noch ins Wochenende schicken. Wenigstens hatte er den Ball flach gehalten, da er seine halbprivaten Kontakte nutzte, um schnell voranzukommen.

„Ich glaube, ich werde langsam zu alt für dieses Geschäft",

entschuldigte sich Brucklacher.

„Hoffentlich habe ich nicht dein Handikap versaut, weil ich dich hierher gebeten habe."

Borchmann war damit beschäftigt, seine lange Gummischürze abzulegen. Die Handschuhe landeten im Müll. Darunter kamen braun gegerbte Hände mit Altersflecken zum Vorschein.

„Ganz im Gegenteil! Eigentlich ist das hier der Platz, wo immer noch mein Herz schlägt. Auf dem Golfplatz ist mir zu viel frische Luft."

Die beiden Männer machten sich daran, die Edelstahlmulden in den Kühlraum zurück zu schieben. Anschließend dimmte Borchmann die Lichter im Sektionsraum.

KAPITEL 10

„Wir mögen uns wohl nicht besonders. Das passiert im Berufsleben mindestens genau so oft wie privat. Ich glaube, Sie haben ein Problem damit, sich von einer Frau etwas sagen zu lassen, und ich kann nicht mit Männern zusammenarbeiten, denen ich ständig beweisen muss, dass ich meinen Job beherrsche!"

Staatsanwältin Corinna Hofleitner nahm kein Blatt vor den Mund. Brucklacher saß auf dem Bürostuhl wie ein Häufchen Elend und hielt einen Stapel Akten auf dem Schoß. Sie fuhr fort mit ihrer Standpauke:

„Es ist unverzichtbar, dass Sie mich an Ihren Gedanken teilhaben lassen. Wie soll ich sonst einschätzen können, ob die Ermittlungen zu juristisch verwertbaren Ergebnissen führen?"

Von Anfang an hatte es in dem Fall nur Ungereimtheiten gegeben. Die neueste Schlappe lag soeben auf dem Schreibtisch dieser jungen Staatsanwältin, die seine Tochter hätte sein können.

„Gibt es nun einen konkreten Hinweis, dass dieser alte Mann seine Wohnung unter Zwang verlassen hat, oder nicht? Erst dann erhärtet sich der Verdacht auf den Tatbestand einer Entführung. Gibt es ein Bekennerschreiben oder eine Lösegeldforderung? Hat jemand damit gedroht, ihm Gewalt anzutun oder bestand Suizidgefahr?"

Jetzt platzte Brucklacher endgültig der Kragen. Er wetterte los. Als sein Ausbruch vorüber war, herrschte eisige Stille im Dienstzimmer. Beide saßen kreidebleich auf ihren Stühlen und waren erschüttert. Lange wurde geschwiegen, bis er schließlich unsicher auf dem Stuhl nach vorne rutschte und sich am Schreibtisch abstützte, um aufzustehen. Kein Wort wurde mehr gesprochen. Er drehte sich um. Sie griff zitternd nach ihrem Handy, während er leise die Tür ins Schloss fallen ließ. Auf dem Korridor roch es nach Pflegemitteln und Kaffee. Er musste so schnell wie möglich raus hier. Als er das Gebäude gerade verlassen hatte, vibrierte sein Handy in der Hosentasche. Er klemmte seine Aktentasche unter den Arm und angelte nach dem „Egomat für Gefühlsinvalide". So hatte seine Tochter das Handy einmal bezeichnet.

„Ja, am Apparat! Moment, hier ist es sehr laut!"

Der Straßenlärm machte es beinahe unmöglich, ein Wort zu verstehen. Er drehte sich um und eilte wieder in den Eingangsbereich der Behörde zurück.

„Jetzt ist es besser!"

Er hörte zu. Schlagartig kehrte das Leben in ihn zurück. Seine Gesichtszüge erhellten sich.

„Und die Zeugen haben sich wirklich unabhängig voneinander gemeldet?",

versicherte er sich nochmals. Dann beendete er das Gespräch, drückte auf den roten Button und ließ das Handy wieder in die Hosentasche gleiten. Jetzt kam also doch noch Schwung in die Sache. Drei Zeugen hatten sich gemeldet, die zweifelsfrei eine Entführung beobachtet hatten. An drei verschiedenen Orten, mit einer deckungsgleichen Beschreibung des mutmaßlichen Entführungsopfers. Ein alter Mann, bekleidet mit einem längsgestreiften Bademantel, fuhr nicht alle Tage mit einer Pistole am Hinterkopf in einem Lieferwagen vorbei. Die Täter mussten also mindestens zu zweit gewesen sein. Warum hatte er nicht damit gewartet, der Staatsanwältin seinen vorläufigen Bericht zu präsentieren? Ganz einfach: dieses ehrgeizige junge Weib hatte nur darauf gewartet, ihn fertig zu machen. Jetzt waren die Fronten klar abgesteckt. Auf ein einvernehmliches Verhältnis konnte er nicht mehr hoffen. Trotzdem befriedigte ihn die neueste Entwicklung in dem Fall. In diesem Moment vibrierte sein Handy ein weiteres Mal. Er meldete sich.

„Corinna Hofleitner noch mal! Hören Sie, Herr Brucklacher, das gerade eben tut mir leid. Ich bin wohl zu heftig gewesen. Ich möchte Ihnen auf gar keinen Fall einen schlechten Tag bereiten."

Damit hatte er nicht gerechnet. Ohne zu überlegen berichtete er sofort von den neuesten Entwicklungen. Als er fertig war, fügte er hinzu:

„Ich weiß gar nicht, was ich sagen soll. Mein Auftritt vorhin war wirklich unpassend. Dann sage ich Dinge, die über das Ziel hinaus schießen."

Er verabschiedete sich kleinlaut, schaltete sein Handy ab und ließ es in die Tasche gleiten.

KAPITEL 11

Nickel blockierte nun schon seit vier Stunden den Rechner des Fotografen. Der schlich mit schweißnasser Stirn durch sein Studio. Er trug ein schwarzes Hemd, das viel zu eng anlag. An den Hüften zeichneten sich die Ernährungssünden und das Wohlleben unübersehbar ab. Seine Designerbrille war übersät von kleinen Schweißtropfen. Er schwitzte, als hätte er eben einen Marathon absolviert. Um den Hals trug er die obligatorische Lupe, ein Relikt aus der Zeit, wo noch am Leuchttisch über die Qualität seiner Filmstreifen entschieden wurde. Dann hatte die digitale Fotografie Einzug gehalten. Die Bilder verbargen sich fortan als codierte Einsen und Nullen in einer Blackbox. Vielleicht war diese Technik im Verborgenen dafür verantwortlich, dass seine Hemmschwelle über die Jahre gesunken war.

Schon immer hatte Klaus Jürgen Mesmann als Fotograf eine Schwäche für junge Mädchen gehabt. Er fühlte sich als Naturliebhaber, der seine Freude an den aufkeimenden Knospen des weiblichen Körpers hatte. Er berührte seine Modelle niemals, aber er hatte die Gabe, eine große Intimität während der Fotoshootings zu schaffen. Manchmal heulte er den Zeiten nach, als er noch alle seine Aufnahmen selber entwickelt hatte. Wenn es richtig gut werden sollte, hatte er ein Fachlabor beauftragt. Aber heute war alles anders geworden. In fast jedem Haushalt wurde fotografiert was das Zeug hielt und die Festplatte abspeichern konnte.

„So was ist mir überhaupt noch nicht untergekommen!" Nickel schob sich die Lesebrille auf der Nase zurecht.

„Ich weiß noch nicht, wie der Kerl das gemacht hat, aber irgendwie ist er in dein System eingedrungen!"

Mesmann stützte sich mit einer Hand am Schreibtisch ab und stierte fassungslos in den Bildschirm. Seine Stimme klang aufgekratzt.

„Du hast mir doch hoch und heilig versprochen, die Kiste ist sicher! Wie kann das sein, dass eine ganze Partition von Daten einfach von der Festplatte verschwindet?"

Sven Nickel war ratlos und zu gleichen Teilen fasziniert von dem, was sich vor seinen Augen abspielte. Jedes Mal, wenn er den durch Passwort gesicherten Dateiordner anklickte, poppte bildschirmfüllend ein anderes Bibelzitat auf. Mesmann ballte abwechselnd die schweißnassen Handflächen. Es roch nach Panik.

„Was passiert da? Angefangen hat es mit dem iMac. Der Powermac ist vom internen Netzwerk und dem Router komplett abgekoppelt! Wie kommt das Schwein an meine sensiblen Daten heran?"

Nickel sah zum ersten Mal Angst in den Augen seines besten Kunden und Freundes.

„Verlass dich drauf, ich kriege das raus!",

versuchte er zu beruhigen, war aber selbst noch ratlos, was hier technisch vor sich ging. Auf dem Schreibtisch stand ein

Microlaufwerk mit sämtlichen frei verfügbaren Reparatur- und Supportprogrammen auf dem Markt. In der Regel waren die meisten Software-Probleme schnell damit behoben. Nickel hatte die aktuellsten Demoversionen aus dem Internet gekrackt. Das Problem entzog sich jedoch seinem Zauberkasten. Sooft er versuchte, eine Diagnoseroutine ablaufen zu lassen, meldete jedes der Programme, alles sei in Butter. Nickel brach ab und fuhr den Computer wortlos herunter. Dann wickelte er das Kabel um sein Laufwerk und steckte es in die Manteltasche. Mesmann schaute ihm unglücklich dabei zu. Während er seinen Mantel anzog, erklärte Nickel:

„Ich muss mir Infos besorgen. Das mache ich am besten vom Rechenzentrum aus. Sorge dafür, dass inzwischen keiner außer mir an dem Gerät rumfummelt. Und fahr den Rechner unter keinen Umständen wieder hoch!"

Mesmann hielt ihn am Ärmel fest.

„Du weißt, was für mich auf dem Spiel steht. Ich habe Verpflichtungen meinen Kunden gegenüber."

Nickel sah ihm ernst ins Gesicht und versuchte dann wieder Optimismus auszustrahlen.

„Ich kriege das wieder hin!"

Mesmann wirkte verzweifelt.

„Hoffentlich!"

Luna Baum rief durch die angelehnte Tür des Büros:

„Ich gehe dann mal! Meine Mutter hat unterrichtsfreie Zeit und holt mich ab. Tschüss dann!"

Nickel ließ sich nichts anmerken, als auch er das Studio verließ. Das, was er gesehen hatte, wirkte erst langsam auf sein Gemüt. Normalerweise ließ ihn Mesmann nicht an seinen persönlichen Rechner. Der Respekt vor persönlichen Daten war bislang so eine Art heilige Kuh für ihn gewesen. Es war offensichtlich, dass der Fotograf dort sensible Daten speicherte und seine privaten Objekte abwickelte. Während der Wiederherstellungsversuche der verlorengegangenen Partitionen hatte sich Nickel durch verschiedene andere Ordner gezappt. Was er dort sah, öffnete ihm einen Bereich, den er dort so nicht vermutet hatte. Eigentlich glaubte er schon ziemlich abgebrüht zu sein. Die hemmungslose Darstellung des nackten menschlichen Körpers im Netz stumpfte schnell die Sinne ab. Doch was sich im privaten Archiv von Mesmann auftat, ließ ihm die Röte ins Gesicht steigen. Er erkannte auf Anhieb mindestens fünf junge Frauen, die ihm persönlich bekannt waren.

Die Aufnahmequalität ließ nichts zu wünschen übrig. Auf einem roten Sofa räkelte sich Sonja, die einstige Liebe seines Lebens. Es war nicht die Tatsache, dass sie sich für Nacktaufnahmen hatte ablichten lassen. Nickel konnte den Blick kaum abwenden, obwohl es wirklich wehtat. Es war die Art und Weise, wie sie mit der Kamera flirtete. Kein Detail ihres Körpers hatte sie dem Fotografen vorenthalten. In einem Moment war alles für Nickel entzaubert. In seiner Erinnerung kreisten die vielen Annäherungsversuche und sein ernst gemeintes Werben um das Mädchen. Vor lauter Verliebtheit konnte er damals nicht mehr schlafen, weil die Gedanken an Sonja ihn wach hielten. Sie hatte sich ihm freundlich verweigert, er hatte das akzeptiert und doch weiter eine stille Verehrung für das zurückhaltende Mädchen empfunden. Ihretwegen hatte er sogar einen christlichen Hauskreis besucht. Diese Fotos, welche er durch

Zufall auf der Festplatte seines Kunden entdeckt hatte, trafen seine Gefühle empfindlich. Er hatte der Versuchung nicht widerstehen können und den ganzen Ordner auf sein Microlaufwerk gezogen. Das war natürlich Datendiebstahl und würde ihn den Job kosten, wenn er erwischt wurde. Aber er hatte ja nicht vor, das Material zu verkaufen. Für Nickel war es eine Art Beweisstück.

Sein Laguna wartete bereits im eingeschränkten Halteverbot mit geöffneter Heckklappe. Manchmal funktionierte der Trick und man konnte länger als drei Minuten unbehelligt parken. Hastig warf Nickel seinen Mantel auf die Rücksitzbank. Das Microlaufwerk legte er auf den Beifahrersitz. Einen Moment lang dachte er daran, sich zu besaufen, besann sich aber schnell wieder.

Wäre er in Mesmanns Studio etwas aufmerksamer gewesen. hätte er vielleicht das eilig verlegte Datenkabel bemerkt, das durch den Boden direkt in den Keller des alten Fabrikgebäudes führte.

KAPITEL 12

Wladyslawa Piecek saß im Flur nahe dem Eingang des Präsidiums und starrte ins Freie. Von ihren Stiefeln tropfte Wasser auf den Boden. Die Sitzschalen aus schwarzem Kunststoff waren fest mit einem Metallrahmen verbunden und ließen sich nicht bewegen. So war man dazu verdammt, in einer Position zu verharren. Wie ein Häufchen Elend wartete sie darauf, in eines der vielen Zimmer gerufen zu werden. Was würde man sie dort wohl fragen? Alles war doch in Ordnung. Der Professor hatte sie beim Arbeitsamt gemeldet und bezahlte pünktlich und gewissenhaft seine Steuern. Glaubte man etwa, sie hätte mit dem Verschwinden des Alten etwas zu tun? Vielleicht saß er ja schon wieder zuhause in seiner Villa über der Stadt und ging einem seiner verschrobenen Hobbys nach. Aber eigentlich war das nicht möglich.

Sein Zustand hatte sich seit mehreren Wochen verschlechtert, sodass er wie ein hilfloses Kind in seinem Rollstuhl gefangen war. Sie hatte schon vorgeschlagen, bei ihm einzuziehen. Aber der Professor hatte das kategorisch abgelehnt. Irgendwie hatte er es bislang geschafft, die Nächte ohne ihre Hilfe zu überstehen. Jeden Morgen um halb acht war sie aus ihrer kleinen Wohnung in einem Vorort mit dem Stadtbus zur Arbeit gefahren. Und jeden Morgen bot sich das gleiche Bild. Nach einem gemeinsamen Frühstück mit Kaffee und Tee verbrachte sie meistens drei Stunden mit Putzen und Aufräumen. Als ehemalige Krankenschwester war sie einiges gewohnt. Aber die pflegerischen Möglichkeiten in einer Klinik waren doch mit einem Privathaushalt kaum zu vergleichen. Der Professor machte es ihr auch nicht gerade leicht. Er wehrte sich beharrlich dagegen, seine zunehmende Pflegebedürftigkeit zu akzeptieren. Von Anfang an gab es Bereiche, in denen sie nichts zu suchen hatte. Dazu gehörte die verschlossene Tür, die zu einem Zimmer über der Garage führte. Sie hatte sehr wohl beobachtet, dass der Alte den Schlüssel hütete wie seinen Augapfel. Seit nunmehr eineinhalb Jahren hatte sie keinen einzigen Blick hinter diese Tür werfen können. Dabei war sie sehr neugierig, was es mit der verschlossenen Kammer auf sich hatte.

Sie wurde abgelenkt. Zwei Beamte der Straßenpolizei in Dienstkleidung zogen an ihrem Sitzplatz vorbei. Die Polizisten grüßten freundlich. Wladyslawa senkte ihren Blick. Der Respekt vor der Obrigkeit war ihr schon als Kind eingetrichtert worden. Dabei hätten die zwei jungen Leute ihre Kinder sein können. Aber Kinder hatte sie nun mal keine. Manchmal bedauerte sie es, dass sie in keiner Partnerschaft mehr lebte. Es hatte zwar Männer in ihrem Leben gegeben, aber die waren meist weitergezogen, wenn sie von ihr hatten, was sie wollten. Eigentlich hatte sie sich auf ein längeres Anstellungsverhältnis eingerichtet. Der alte Mann war ihr nicht unsympathisch. Trotzdem war sie sich bewusst, dass ihre Wege sich niemals gekreuzt hätten, wenn er nicht pflegebedürftig geworden wäre. Dass nun alles so ein jähes Ende gefunden hatte, warf ihre Planungen für die Zukunft über den Haufen. Die Türe zu dem bislang verschlossenen Zimmer in der Villa stand weit offen. Das Schloss hatte die Polizei aufbrechen lassen. Eine schöne Schweinerei hatten sie ihr hinterlassen. Es hatte Tage gedauert bis sie fertig war mit Putzen. Sie hatte keine Ahnung was der Alte dort getrieben hatte, aber es roch noch immer nach verdorbenen Lebensmitteln in dem Raum.Trotzdem würde sie weiterhin die Villa sauber halten, schliesslich hatte sie noch Schulden bei ihrem Arbeitgeber.

KAPITEL 13

Kommissar Brucklacher trat auf der Stelle. Er saß hinter seinem Schreibtisch und ging wieder und wieder die spärlichen Ermittlungsakten im Fall Escher durch. Sein Blick fiel auf die gegenüberliegende Wand. Dort hatte er ein Bild des knorrigsten Baumes von Kanada aufgehängt, um nicht ständig auf eine weißgetünchte Wand schauen zu müssen. Der Rekordbaum stand auf Vancouver Island in British Columbia. Dorthin wollte er eines Tages reisen.

Die ganzen Umstände des Verschwindens eines pflegebedürftigen Professors passten überhaupt nicht zu dem Szenario, das sie angetroffen hatten. Im Heimlabor über der Garage Teile von Wachsleichen, eine offenstehende Gefriertruhe, eine Prothese in einer Lache aus Rotwein und ein Glasauge im Kamin. Das alles erinnerte an Szenen aus den Filmen der Surrealisten. Man konnte davon ausgehen, dass körperliche Fitness nötig war, um solche Aktivitäten durchzuziehen. Immerhin füllten die Leichenteile drei Edelstahlmulden in der Pathologie. Es gab ganz sicher noch weitere Personen, die über dieses Labor Bescheid wussten. Angefangen bei den Handwerkern, die den nachträglichen

Anbau eingerichtet hatten, bis hin zu den Komplizen, die ihm die Behälter mit Gebeinen ja wohl hineingetragen haben mussten. Der Kommissar stellte sich einen einbeinigen Irren vor, der mit seinem Elektrorollstuhl grausige Fracht durch Tübingen transportierte.

„Völliger Blödsinn!",

rief er in das Dienstzimmer hinein. Eine Kollegin mit Headset am Ohr nebenan hob kurz den Kopf und hackte dann gleich weiter ihre Berichte in die Computertastatur. Wenn sich nicht bald neue Aspekte in dem Fall auftaten, war eine rasche Lösung unwahrscheinlich. Brucklacher faltete die Hände hinter dem Kopf und lehnte sich in den betagten Bürostuhl. Ächzend zog sich die Lehne in die Federung zurück. Jetzt erst sah er, dass er Besuch bekommen hatte. Polizeiobermeister Radtke stand in der Tür und beobachtete ihn vorsichtig. Der Kommissar setzte sich auf.

„Ah, Sie sind es! Danke, dass Sie gleich gekommen sind. Nehmen Sie doch Platz. Möchten Sie vielleicht einen Espresso?"

Radtke lehnte ab und setzte sich auf den dargebotenen Stuhl neben dem Schreibtisch. Brucklacher kam gleich zur Sache.

„Ich muss mich bei Ihnen in aller Form entschuldigen. Sie wissen schon ..."

Er sah betreten zu Boden.

„Manchmal geht einfach der Gaul mit mir durch. Da sagt man dann Sachen, die man hinterher bei genauerer Betrachtung gar nicht hätte sagen sollen. Hoffentlich bin ich Ihnen nicht zu nahe getreten."

Radtke nahm den Gesprächsfaden auf.

„Sie müssen mir gar nichts erzählen. Meine Frau hat mir

damit gedroht, die Scheidung einzureichen, wenn ich mein Schnarchen nicht unter Kontrolle bringe. Das sind echte Probleme, sage ich Ihnen."

Die beiden Männer sahen sich an und es herrschte Frieden. Der Kommissar lenkte das Gespräch wieder in eine dienstliche Richtung.

„Sie haben doch die Vermisstenanzeige im Fall Escher aufgenommen. Hatten Sie das Gefühl, dass die Pflegerin Bescheid wusste, was sich dort über der Garage abgespielt hat?"

Radtke hielt einen Moment lang inne und versuchte sich zu erinnern.

„Eigentlich gab es da nichts Untypisches. Sie war durcheinander, hatte Schwierigkeiten sich auszudrücken. Nein, man kann nicht behaupten, sie hätte versucht, etwas zu verbergen."

Brucklacher setzte nach.

„Eigentlich wollte ich auf etwas anderes hinaus, vielleicht kam das nicht zum Ausdruck. Könnte man sich vorstellen, dass die junge Frau mehr war als nur eine Pflegekraft?"

Der Polizeiobermeister sah Brucklacher direkt an:

„Sie meinen, so eine Art Mädchen für alles? Denkbar wäre das freilich. Immerhin hatte der alte Mann ja niemanden, soviel ich weiß. Das soll es ja öfter geben, dass aus einer Abhängigkeit Zuneigung entsteht. Auf mich hat sie den Eindruck gemacht, als sei wirklich etwas Entsetzliches vorgefallen. Sonst hätte ich ja nicht den ganz großen Bahnhof veranstaltet."

Brucklacher hatte für sich entschieden, den Polizeiobermeister enger in die Ermittlungen einzubeziehen.

„Auch mein Gefühl sagt mir, dass sich hinter dem ganzen Mummenschanz etwas verbirgt. Professor Escher hat einen Sohn. Vermutlich hat der die junge Dame aus Osteuropa angestellt, nachdem der alte Herr letztes Jahr einen Schlaganfall hatte. Die Sache mit der Prothese liegt schon weit zurück. War anscheinend ein Stromunfall in der Jugend. Sein Sohn wohnt in Hamburg. Ist wohl in der Werbebranche tätig."

Brucklacher machte eine kleine Pause und fuhr dann fort:

„Könnten Sie sich vorstellen, eine kleine Dienstreise zu unternehmen, um Herrn Escher junior zu befragen? Vielleicht kann er ja zum Verständnis beitragen."

Radtke riss die Augen auf. Seine Reaktion verriet, dass er damit nicht gerechnet hatte.

„Ja, geht das überhaupt ...?"

Kommissar Brucklacher nahm seinen Kugelschreiber und drehte ihn zwischen den Fingern.

„Das hat schon alles seine Ordnung. Mein Assistent hat sich in den Vaterschaftsurlaub verabschiedet. Sie werden ihn vertreten, wenn Sie sich das vorstellen können. Mit der zuständigen Staatsanwältin habe ich schon gesprochen. Den Schriftkram erledige ich gleich im Anschluss an unser Gespräch."

Radtke konnte seine Freude kaum verbergen. Jetzt, kurz vor der Pensionierung, ergab sich eine Gelegenheit, die er im Stillen schon begraben hatte. Er würde alles geben, um das in ihn gesetzte Vertrauen zu rechtfertigen. Und das wusste auch Brucklacher. Der dankte dem Himmel für den Fortpflanzungswillen seines Assistenten. Wenn er bei diesem Fall Unterstützung haben wollte, dann nicht vom

Sohn des Oberregierungsrats Schlick. Man hatte ihm den Sprössling einfach ins Büro gesetzt. Mit Radtke hatte er einen motivierten Ermittler gewonnen, der die Lösung des Falls mit vorantreiben würde. Er nahm den Hörer des Telefons und betätigte die Kurzwahl:

„Ja, hallo, Brucklacher am Apparat! Sie können mir die Zeugin Piecek jetzt in den zweiten Stock schicken."

KAPITEL 14

„Wenn dich dein Auge zur Sünde verführt, dann reiße es aus und wirf es von dir!",
stand in weißen Lettern auf schwarzem Grund da zu lesen. Nickel hatte einen unverzeihlichen Fehler begangen. Das Microlaufwerk hing noch keine fünf Sekunden an der schnellen Schnittstelle des Großrechners, bis eine biblische Botschaft über das monochrome Display flimmerte. Nickel zog in einem unbedachten Reflex den Stecker aus dem Rack. Sofort quittierte die interne Routine des Rechners seine Aktion mit einem quälenden Piepsen.

„Shit! Shit! Shit!",
entfuhr es ihm, aber es war bereits geschehen. In Windeseile verbreitete sich die feindliche Übernahme in der ganzen Computerinsel. Dateien wurden in Bruchteilen von Millisekunden kopiert, abgeglichen und zurückgesetzt. Nickel wurde kreidebleich. Jetzt hieß es beten. Möglicherweise hatte sich der Angriff schon über den Computerraum hinaus im ganzen Netz der Uni verbreitet. Für einen fähigen Netzadministrator war es nicht schwer, im Nachhinein den Verursacher der Störung ausfindig zu machen. Nickel hatte

zwar eine aktuelle Verschlüsselungsmethode benutzt, um sich anzumelden, aber die war hinterlegt und würde schnell zu ihm führen. Als Lehrbeauftragter besaß er zwar mehr administrative Rechte als die Studenten, war aber ebenfalls nicht anonym unterwegs. Vor dem derzeitigen Administrator hatte Nickel keine Angst. Der war nur ein abgehalfterter, so genannter „IT-Spezialist", der seine Anstellung an der Uni hauptsächlich mit Fehlstunden füllte. Was ihm mehr Sorge bereitete, war die Art und Weise, wie mühelos der Angreifer seine sorgsam gepflegte Verschlüsselung überwunden hatte. Und überhaupt benutzte Nickel keine Funkverbindung, sondern hatte die Geräte aus Sicherheitsgründen stets mit Kabeln verbunden. Bislang war nur bekannt, dass durch Wörterbuch-Attacken eine unsichere Verschlüsselung leicht zu knacken war. Hierbei macht sich der Angreifer zunutze, dass einfältige Anwender unzulängliche Passwörter einsetzen. Mit Hilfe von Listen mit Millionen von Worteinträgen ließ sich so möglicherweise der eine oder andere Schlüssel zurückrechnen. Nickel benutzte nur lange und komplexe Passwörter, bestehend aus Kleinbuchstaben und Sonderzeichen. Diese Verschlüsselung hielt bislang auch einem Angriff mit roher Rechnergewalt lange Zeit stand. So hatte es Nickel auch stets gehalten, war aber trotzdem in Windeseile überrannt worden.

Was das bedeutete, ließ sich leicht ausmalen. Kein Netzwerk und kein Computer war vermutlich mehr sicher. Viele Geheimnisse dieser Welt in digitaler Form lagen für jeden offen sichtbar da, der im Besitz der unbekannten Technik war. Nickel brach der Schweiß aus. Sollte es möglich sein, dass noch jemand an die Aufzeichnungen seines Onkels herangekommen war? Er verwarf den Gedanken sofort wieder. Das war unmöglich. Nickel fühlte sich wie ein Schwimmer im Wildwasser. Im Moment konnte er nur versuchen, den Kopf über Wasser zu halten. Als er die Rechner der Computerinsel einzeln abmeldete, machte er eine seltsame Entdeckung. Kurz bevor die Bildschirme der jeweiligen Arbeitsplätze erloschen, tauchte ganz kurz am rechten unteren Bildrand eine Signatur auf. E-G-O stand da zu lesen. Völlig durcheinander verließ er die Computerinsel.

„Ach toll, dass Sie noch da sind! Ich müsste nur noch kurz was in TUSTEP konvertieren und weiß nicht, wie das geht!",

rief eine unangenehm hohe Frauenstimme in seinem Rücken, sodass es möglichst jeder hören konnte. Die Sopranstimme gehörte zu einer kleinen rothaarigen Nervensäge. Ein einmaliger Fehltritt seiner Jugend. Sie kreuzte meistens dann auf, wenn er es eilig hatte.

„Sorry! Aber heute geht es wirklich nicht!",

versuchte sich Nickel zu retten. Die Studentin mit schwarzer Hornbrille kam sehr dicht heran und flüsterte:

„Sonst hast du doch auch eine Ausnahme gemacht, wenn dir danach war."

Verstohlen griff sie ihm ans Gesäß und kniff zu. Das war nun wirklich nicht das, was er gerade verkraften konnte.

„Ach bitte!",

jammerte die Achtsemestlerin wie ein kleines Schulmädchen und schmollte.

„Komm! Ich spendier dir einen Kaffee in der Mensa!",

schwindelte Nickel in arger Bedrängnis.

„Okay! Ist mir auch recht."
Dann begann sie ihn mit allem einzudecken, was ihr akademisch angereichertes Gehirn hergab. Während sie den Campus überquerten, bekam Nickel Einblicke in die Abgründe bildungspolitischer Belanglosigkeiten. Er bemühte sich freundlich, alles abzunicken und dem Gespräch dann und wann ein verständnisvolles „Aja!" beizutragen. Als sie vor der Eingangstür der Mensa ankamen, hatte sich schon eine ansehnliche Schlange gebildet. Nickel gelang es, sich unbemerkt loszueisen, als die Studentin von einer Kommilitonin angesprochen wurde. Während er völlig außer Atem an den Bepflanzungen der Universitätsparkplätze entlang eilte, gelobte er, in Zukunft nie wieder seine Finger in Schutzbefohlene zu stecken. Bei seinem Laguna erwartete ihn schon ein Streifenwagen in schickem Blau-Silber-Dekor. Bei einer Routinekontrolle seines Kennzeichens waren Unregelmäßigkeiten aufgetreten.

KAPITEL 15

Kommissar Brucklacher zog die linke Braue hoch, als er die standesamtlichen Einträge mit seinen Aufschrieben verglich. Alles, was ihm der freundliche Nachbar des vermissten Professors berichtet hatte, war zutreffend. Demnach war Escher nach dem Tod seiner ersten Frau innerhalb der letzten zwanzig Jahre dreimal verheiratet gewesen. Und alle Ehefrauen trugen exotische Namen, Amihan, Laillani, Tala. Der Professor schien eine Schwäche für die Philippinen gehabt zu haben. Nur aus erster Ehe war ein Sohn hervorgegangen. Die restlichen Verbindungen blieben kinderlos, so man dem Register glauben schenken durfte. Brucklacher rechnete zurück und pfiff durch die Zähne. Der Mann hatte mit knapp achtzig zum letzten Mal geheiratet! Und von allen drei Frauen hatte er sich nach kurzer Zeit wieder getrennt. Kommissar Brucklacher wollte sich ein möglichst genaues Bild von dem Vermissten machen.

Morgen würde Radtke hoffentlich wieder mit neuen Informationen in Tübingen eintreffen. Die Dienstreise nach Hamburg hatte ihm offensichtlich sehr viel bedeutet.

Brucklacher war froh, dass er nicht selber in den Zug hatte steigen müssen. Er hasste die Bahn und alles, was mit ihr zu tun hatte, aber das war eine andere Geschichte. Noch immer hatte er die stummen Wachsleichenteile vor Augen. Was brachte einen offenbar lebenslustigen Akademiker dazu, sich eine solche Sammlung über der Garage anzulegen? Das wollte einfach nicht zueinander passen. Und woher genau stammten die grausigen Zeugnisse einer geheim gehaltenen Sammlerleidenschaft? Gab es einen Zusammenhang zwischen diesen Funden und dem Verschwinden des alten Mannes? Brucklacher wurde aus seinen Betrachtungen gerissen. Corinna Hofleitner stand im Türrahmen. Er war überrascht. Normalerweise verkehrte die Staatsanwaltschaft telefonisch mit den Kollegen aus der Ermittlungsbehörde. Die junge Staatsanwältin kam gleich zur Sache.

„Hätten Sie kurz Zeit für mich? Eine halbe Stunde wird reichen."

Der Kommissar fühlte Röte in sich aufsteigen. Ein lange nicht mehr erfahrenes Gefühl. Erstaunt bot er ihr den wackeligen Bürostuhl an. Sie lehnte ab.

„Nicht hier. Ich lade Sie auf ein Getränk ein, aber nicht beim Chinesen über die Straße, sondern beim Inder am Europaplatz. Wäre das in Ordnung? Nach der Mittagspause sind Sie wieder zurück."

Brucklacher fühlte sich wie vor seinem ersten Rendezvous. Verunsichert fragte er:

„Darf ich noch schnell meinen Rechner ausschalten?"

Hofleitner lachte:

„Ist eigentlich nicht nötig. Weshalb gibt es denn Bildschirmschoner. Aber schalten Sie den Kasten ruhig ab!"

Er wählte den entsprechenden Befehl aus, dann zog er schweigend seine Jacke über. Er hatte wahrgenommen, dass sie ebenfalls einen Mantel trug. Irgendwie war es ihm ganz recht, dass er abgeholt wurde. Früher war er öfter in der Mittagspause unterwegs gewesen, um den Kopf frei zu bekommen. In letzter Zeit war er mehr und mehr zum Stubenhocker geworden. Als sie das Dienstgebäude verließen, empfing sie kühles Regenwetter. Hofleitner stellte den Kragen ihres Mantels hoch über ihr gepflegtes rotbraunes Haar. Er sah nach oben und hatte im selben Moment ein nasses Gesicht. Gegenüber dem Polizeipräsidium gab es zwar einen Chinesen, einen Italiener und einen Bäcker, aber ein kleiner Spaziergang tat jetzt gut.

Die aufgewirbelte Gischt eines LKWs hüllte beide in Wolken aus feinem Wassernebel. Im Nu drang Wasser unter die Kleidung und in die Halbschuhe. Sie beeilten sich damit, die stark befahrene Ausfallstraße zu überqueren, die Bahnhofsunterführung zu passieren und den Busbahnhof zu kreuzen. Ein grellbuntes „Namaste" leuchtete ihnen den Weg ins Trockene. Als sie eintraten wurde eine mechanische Türklingel ausgelöst. Links neben dem Eingang stand ein kleiner Tisch mit Speisekarten und kleinen Schalen. Eine enthielt Fenchelsamen in bunter Zuckerglasur.

„Sehn aus wie Liebesperlen",

dachte Brucklacher. Im ganzen Gastraum duftete es angenehm nach Gewürzen und leckerem Essen. Jetzt erst machte sich Hungergefühl bei ihm bemerkbar. Er unterdrückte das Verlangen. Eine gertenschlanke, in einen Sari gekleidete Bedienung wies ihnen einen Tisch an und erkundigte sich, ob sie die Speisekarte bringen solle.

Brucklacher bewunderte die samtig braune Färbung ihrer Haut. Die junge Dame sah aus, als wäre sie soeben dem Prospekt einer Airline entstiegen. Aus dem Küchenbereich tauchten auch noch zwei männliche Angestellte auf. Beide mit Kajal unter den Augen und einem unergründlichen Lächeln auf den Lippen. Der Kommissar fühlte sich wie ein aufgedunsener Kloß, als er die makellosen Figuren der jungen Männer mit der seinen verglich.

„Alles nur eine Frage der Gene",

bemerkte Hofleitner tröstend, als hätte sie erraten, in was für Gedankenspiele der Kommissar gerade verstrickt war.

„Was glauben Sie? Wie sehen diese appetitlichen Menschen in sagen wir mal zwanzig Jahren aus?"

Brucklacher mochte den Moment der immerwährenden Jugend nicht durch die Brille der Vergänglichkeit betrachten. Dennoch gefiel ihm die junge Staatsanwältin immer besser. Sie hatte Witz und eine gute Beobachtungsgabe. In diesem Moment wandte sich die indische Schöne direkt an ihn.

„Was möchten Sie bitte trinken?"

Brucklacher fiel nichts Besseres ein:

„Dasselbe wie meine Kollegin."

Die Bedienung wiederholte und schrieb auf einen Block.

„Also Chai Latte auch für Sie."

Dann entfernte sie sich und schwebte fast ohne Bodenkontakt davon. Hofleitner schmunzelte. „Danke, dass Sie sich sofort Zeit genommen haben. Ich denke, hier können wir reden, ohne auf die Kollegen in der Behörde Rücksicht nehmen zu müssen."

Er legte die Hände vor sich auf dem Tisch übereinander. Jetzt würde sie ihm gleich mitteilen, was sie auf dem Herzen hatte, das sagte ihm sein Gefühl.

„Wissen Sie, was ein mathematischer Algorithmus ist?" Sie überraschte ihn mit einer ungewöhnlichen Frage. Brucklacher rieb sich das Kinn und antwortete.

„Wir sind hier in einer Universitätsstadt. Sie können unmöglich von einem Durchschnittsbeamten wie mir erwarten, dass ich eine befriedigende Antwort auf so etwas habe. Das überlasse ich den Wissenschaftlern."

Hofleitner fuhr fort.

„Ich will mich darin versuchen. Die Bezeichnung geht auf einen indischen Gelehrten und seine Rechenkunst zurück. Algorithmen sind heute unverzichtbare Werkzeuge der Informatik. In Form von Computerprogrammen und elektronischen Schaltkreisen steuern sie Rechner und andere Maschinen. Der erste für einen Computer gedachte Algorithmus wurde im neunzehnten Jahrhundert von Ada Lovelace in ihren Notizen festgehalten. Sie gilt als die erste Programmiererin. Eine Million Dollar Preisgeld winken heute dem, der es schafft, einen unlösbaren Algorithmus zu entwickeln."

Brucklacher fragte sich, ob das hier eine Nachhilfestunde in Sachen Geschichte der Computertechnik werden sollte. Die Staatsanwältin kam ihm wieder zuvor.

„Das hier ist eine lockere Dienstbesprechung. Mein Ziel ist, Sie auf den neuesten Kenntnisstand zu bringen bezüglich der mutmaßlichen Entführung von Professor Escher."

Der Kommissar war beruhigt und neugierig zugleich. Der Chai wurde in Gedecken aus weißem Porzellan serviert. Sofort stiegen ihm die duftenden Aromen von Zimt,

Gewürznelken, Ingwer und Anis in die Nase.

„Wussten Sie, dass Professor Escher eine Kapazität auf dem Gebiet des Patentrechtes war?"

Brucklacher hatte das in einem alten Artikel der „ZEIT" bereits gelesen, den er im Internet entdeckt hatte. Hofleitner hatte ihre Hausaufgaben gemacht. Das imponierte ihm.

„Ja, das ist mir geläufig. Er hatte einen Lehrstuhl hier in Tübingen an der Universität inne. Aber was hat das mit Algorithmen zu tun?"

„Genau darauf will ich hinaus. Er kannte sich da aus wie kein Zweiter. Wie es scheint, wollte er schon vor vielen Jahren einen unlösbaren Algorithmus zum Patent anmelden. Ging damals ganz groß durch die Fachpresse."

Sie machte eine theatralische Pause.

„Nur, diese geheimnisvolle Patentschrift ist nirgendwo aufgetaucht, und bis zum heutigen Tag ist deren Inhalt nicht bekannt."

Brucklacher versuchte den Gedanken weiterzuführen.

„Sie sind also der Meinung, jemand war hinter der Million Preisgeld her und hat Escher entführt mit dem Ziel, in den Besitz jenes sensationellen Algorithmus zu gelangen?"

Corinna Hofleitner schlug die Augen nieder. Sie ist schön, dachte Brucklacher beiläufig. Hofleitner sah abwesend in ihre dampfende Teetasse.

„Wenn es nur diese lächerliche Million wäre ..."

Jetzt sah sie Brucklacher direkt in die Augen.

„... es geht um alles oder nichts!"

Die Ernsthaftigkeit hinter ihren Worten traf ihn, obwohl er noch nicht verstanden hatte, worauf sie hinauswollte. Dann setzte sie ihm sachlich auseinander, was diese Patentschrift, so sie denn wirklich existierte, für das Leben der heutigen Menschen und zukünftigen Generationen bedeuten konnte.

KAPITEL 16

Nickel zwang sich zur Ruhe. Am liebsten wäre er aufgestanden und hätte den Polizeibus schreiend verlassen. Kalter Schweiß stand ihm auf der Stirn. Wie in einem Film nahm er die Belehrung durch den Streifenbeamten wahr. Noch immer lähmte ihn die Erkenntnis, dass er gar nichts gegen die Situation unternehmen konnte, in die er geraten war. Der Polizeibeamte sprach ihn an und Nickel antwortete ganz automatisch.

„Ja, damit bin ich einverstanden."

Der Beamte lenkte ein.

„Ich denke, wir können es in Ihrem Fall bei einer Verwarnung belassen. Zum Glück sind Sie ja einsichtig. Kennzeichen müssen ausreichend befestigt werden."

Nickel bedankte sich höflich und musste beinahe loslachen, mit was für Lappalien sich die Polizei tagtäglich beschäftigte. Aber schließlich wurde das ja von den Beamten erwartet. Zum ersten Mal seit er denken konnte, wünschte er sich echten Schutz. Als er sich hinter das Steuer setzte, durchzuckte ihn ein Magenkrampf. Er hatte schon den ganzen Tag nur von einer Tasse Kaffee gelebt. Ein starkes Gefühl von Verletzlichkeit stieg in ihm auf. Er hatte Jahre damit zugebracht, sich ein Gefühl der Sicherheit zu erwerben.

Sein ganzes Streben war darauf ausgerichtet gewesen, mit den technischen Mitteln, die ihm zur Verfügung standen, sein Leben zu meistern. Das ganze Kartenhaus war in sich zusammengestürzt seit dem digitalen Angriff. Die Technik, die er glaubte zu kontrollieren, wendete sich nun gegen ihn. Etwa so wie einen Autofahrer, der unerwartet bei Tempo zweihundert von der Straße fliegt. Nickel musste sich eingestehen, dass er einen großen Fehler gemacht hatte. Jetzt rächte sich sein Leichtsinn und das unbedingte Vertrauen in seine eigenen technischen Fähigkeiten. Er war intelligent genug, um seine Lage sachlich einzuschätzen. Jemand hatte ihn an den Haken bekommen und würde nicht locker lassen, bis er ihn dort hatte, wo er ihn haben wollte. In was war er da nur hineingeraten? Als er den Rückwärtsgang einlegte, hätte er beinahe noch eine Gruppe von Studenten übersehen, die hinter dem Laguna vorbeigingen.

„Das fehlt mir gerade noch!",
entfuhr es ihm. Dann folgte er einem plötzlichen Impuls und steuerte seinen Wagen in Richtung Stadtautobahn.
Am Ortsausgang von Tübingen, hinter der festen Radaranlage, beschleunigte er den Sechszylinder. Der Motor brachte immer noch ordentlich Vortrieb und zog willig in die langgezogene S-Kurve. Ein Wohnmobil kämpfte sich tapfer die Steigung hinauf. Nickel überholte es. Als er die Anhöhe

erreichte, vibrierte sein Handy in der Hosentasche. Instinktiv wusste er, dass es wichtig war. Er setzte den Warnblinker und hielt sein Fahrzeug auf dem Standstreifen an. Mit der Linken angelte er in der Hosentasche und nahm das Gespräch an. Die Anweisungen waren knapp und unmissverständlich. Nickel drückte den roten Button, als das Gespräch beendet war. Dann saß er für fünf Minuten kreidebleich in seinem Laguna und starrte durch die Frontscheibe.

KAPITEL 17

Es hatte aufgehört zu regnen, noch bevor der Kommissar und die Staatsanwältin das indische Lokal verließen und Richtung Bahnhofsunterführung marschierten. Sie nahmen den Aufgang zum Parkplatz, weil Brucklacher auf dem Hinweg dort ein Auto aufgefallen war. Ein schwarzer Touareg mit verdunkelten Scheiben kam ihm verdächtig vor, so als ob jemand sie dahinter beobachten würde. Sein Bauchgefühl trog ihn zwar manchmal, aber oft hatte es ihn auch schon auf richtige Fährten geführt. Der Wagen war verschwunden. Seltsamerweise fuhr auf der Hegelstraße kein einziges Auto mehr. Offenbar hatte man die Straße in beide Richtungen abgesperrt, als sie gemeinsam in der Unterführung verschwunden waren. Was er von der Staatsanwältin erfahren hatte, mochte er kaum glauben. Er fühlte sich wie in einem Hollywoodfilm. Doch mit dem wesentlichen Unterschied, dass kein Kriminalautor hier das Drehbuch schrieb, sondern ein entführter alter Mann das Geschick der bekannten Welt beeinflussen konnte. Sie mussten ihn einfach finden. Sehr viel stand auf dem Spiel. Corinna Hofleitner machte ihm nicht den Eindruck, als wolle

sie die Pferde kopfscheu machen. Die junge Staatsanwältin besaß einen messerscharfen Verstand und wollte ihm in der Behörde Einblick in die relevanten Akten verschaffen. Brucklacher hörte das Fahrzeug, noch bevor er es sah. Sie standen beide noch auf dem Gehweg, als sich ein schwarzer Geländewagen mit irrsinnigem Tempo näherte. Instinktiv trat Brucklacher einen Schritt zurück. Das rettete ihm das Leben. Noch im Fallen nach hinten sah er seiner Kollegin ins Gesicht. Sie verharrte völlig überrascht einen Moment lang auf ihrem Platz und wurde dann von dem riesigen Auto hinweggefegt. Brucklacher riss Mund und Augen auf. Was er sah, brannte sich in seinem Gehirn ein.
Die Staatsanwältin flog mindestens dreißig Meter horizontal durch die Luft, bevor sie mit einem hässlichen Klatschen gegen einen parkenden Kleinbus geschleudert wurde. Der Unfallverursacher verschwand stadtauswärts, ohne auch nur das Tempo zu verringern.

Wie in Trance rappelte sich Brucklacher auf und rannte die Fahrbahn entlang. In diesem Moment hörte er eine Detonation, konnte aber nicht sagen woher sie gekommen war. Als er die junge Frau erreichte, lag sie auf dem Rücken. Ihr Blick war geradeaus ins Leere gerichtet und ihr Atem ging stoßweise. Sie starb wenige Augenblicke später in seinen Armen, ohne noch ein Wort gesagt zu haben. Dann brach ein Inferno los. Sirenen liefen an und über der Stadt tobten die Martinshörner verschiedener Einsatzfahrzeuge. Mehrere Löschzüge rückten aus. Polizeifahrzeuge kreuzten wie wütende Wespen durch die Straßen. Aber der Einsatz galt nicht der getöteten Staatsanwältin, sondern einem Feuer, das im Polizeipräsidium ausgebrochen war. Der

Brand wütete insgesamt sechs Stunden und vernichtete zwei Stockwerke. Darunter auch das Büro von Corinna Hofleitner. Es waren keine Verletzten zu beklagen, da zu diesem Zeitpunkt ironischerweise eine unangemeldete Feuerwehrübung stattgefunden hatte.

KAPITEL 18

Escher versuchte sich zu orientieren. Um ihn herum spürte er nur Leere. Er selbst fühlte sich wie ein Nichts. Es gab kein Oben und kein Unten. Die Erinnerung an sein früheres Leben war gegenstandslos. Dann tauchte er wieder in vollständige Dunkelheit ab. Er bemerkte die junge Frau nicht, die auf einem tragbaren Blutgasanalysator seinen Säuregehalt kontrollierte. Solche Geräte wurden auch in der Unfallmedizin benutzt. Die Tüte über dem Kopf während seiner Entführung hatte eine Azidose ausgelöst. Sie injizierte Natriumbicarbonat in die Infusionsflasche, um die Werte wieder ins Lot zu bringen. Man durfte bei dem alten Mann auf keinen Fall einen Herzkreislaufstillstand riskieren. Er war für sie die Fahrkarte ins Glück, solange er am Leben blieb. Sehr viel stand auf dem Spiel. Sie durften jetzt nichts verbocken! Als der Patient wieder schlief, verließ sie den alten Krankenwagen. Das betagte Daimler-Benz-Fahrzeug hatte schon bessere Tage gesehen, tat aber immer noch gute Dienste. Der Wagen parkte in einem Schuppen inmitten einer Wiese auf der schwäbischen Alb. Im vorderen Teil des landwirtschaftlichen Gebäudes waren zwei verlassene Pferdeboxen untergebracht. Überall stank es nach verrottetem Mist. Der Stall stand noch nicht lange leer, aber war in einem erbärmlichen Zustand. Wahrscheinlich hatten ihn Jugendliche aufgebrochen, um dort ihre Treffen abzuhalten. Alle Wände waren mit Urin getränkt und überall lagen zerbrochene Flaschen und Müll.

Die Gemeinde war inzwischen in den Besitz der Immobilie gelangt, aber die Kassen waren leer. Um die Haftung auszuschließen, war das Grundstück von einer Baustellenabsicherung umgeben. Man hatte Berge von Schotter ringsum angehäuft und nutzte das Gelände als Lagerhalde. Von hier aus war das Umland ringsum perfekt einsehbar. Nur ein unbefestigter Feldweg, der dem landwirtschaftlichen Verkehr vorbehalten war, führte hier vorbei. Ansonsten, soweit das Auge reichte, gab es nur Wiesen, Äcker und Wälder.

Heute zogen graue Wolken von Osten her. Neben dem alten Krankenwagen stand ein Campingtisch. Auf dem Tisch einige Getränkedosen und die Reste einer Mahlzeit. Dazwischen mehrere Handys und ein Navigationsgerät. Aus einem Plastikbecher quollen Berge von ausgedrückten Zigarettenstummeln. Kein Wort wurde gesprochen. Alles war bisher gut gelaufen. Den geklauten Lieferwagen hatten sie auf einem Supermarktparkplatz abgestellt. Die junge Frau trug ihre Haare streng nach hinten gebunden. Wie ihre zwei männlichen Komplizen trug sie schwarze Klamotten und eine Sanitäterjacke in Leuchtorange. Man sah ihr nicht an, dass sie schon mehrere Jahre als Rettungsassistentin gearbeitet hatte. Das würde sie auch heute noch tun, wenn sie nicht fristlos entlassen worden wäre. Zu unrecht, wie sie meinte. Man hatte sie beim Klauen erwischt und ohne Abmahnung auf die Straße gesetzt. Zusammen mit ihrem ebenfalls drogenabhängigen Freund war sie nun an diesen Job herangekommen. Aufgrund ihrer genauen Ortskenntnisse im DRK-Zentrum war es nicht schwer gewesen, die nötige Ausrüstung zu organisieren.

Den alten Krankenwagen würde so schnell niemand vermissen. Der Oldtimer wurde nur noch bei besonderen Anlässen benutzt und war nicht mehr Teil des offiziellen Fuhrparks. Der dritte im Bunde stand etwas abseits und rauchte eine Camel nach der anderen. Sie hatte den Ami in der Kneipe kennengelernt, wo sie gelegentlich bediente. Dort war er eines Tages aufgetaucht und hatte sich an den Tresen gestellt. Er wusste erstaunlich viel zu erzählen. Es war gerade so gewesen, als würden sie sich schon lange kennen. Aber das war nicht möglich, da er sich angeblich erst seit kurzer Zeit in Deutschland aufhielt. Er sprach mit starkem Akzent und kam schnell zur Sache. Da sie nichts zu verlieren hatte, wurden sie sich einig. Seitdem schlief sie regelmäßig mit ihm und bekam reichlich Stoff. Für ihren Freund fiel auch noch etwas ab. Der hatte zusammen mit dem Amerikaner den Lieferwagen gefahren. Die Idee mit der Tüte über dem Kopf war der reine Blödsinn gewesen.

Es grenzte an ein Wunder, dass der Alte noch lebte.

KAPITEL 19

Brucklacher sass in einem gemietetenWohnmobil und trank Kaffee. Rebecca Myers, Inspector der E-Division von British Columbia, sah zum gegenüberliegenden Ufer. Ihre kühnen Augen reflektierten das Glitzern des Sonnenlichtes über dem Wasser. Gleich dort drüben begann der Westcoast Trail. Mit etwa 75 km Länge war dieser Wanderweg schon recht anspruchsvoll. Sie war ihn selber noch nie gegangen und auch jetzt verspürte sie keine rechte Lust dazu. Innerhalb von sechs Stunden, so hieß es, reichte der Matsch bis unter die Knie. Das blieb dann so, fünf Tage lang. Mit viel Glück sah man vielleicht fünf bis sechs Bären während der Tour, aber schätzungsweise fünfzig der scheuen Tiere hatten dich aus dem Dickicht beobachtet. Hier an der wilden Westküste von Vancouver Island war der richtige Platz, um Abstand zu gewinnen. Manfred Brucklacher sah die Polizistin der Royal Mounted Police durch das Fenster seines Campers aus ihrem Chevy Tahoe steigen. Sie verhandelte noch einen Moment mit der dicken Indianerin im Rezeptionshäuschen an der Einfahrt zum Campground. Dort gab es auch einen Internetzugang. Dann kam sie zielgerichtet auf den gemieteten Ford zu und klopfte höflich an die Seitentür. Brucklacher erhob sich von der Sitzgruppe und öffnete.

„Hello, how does it going?"

Fragte er höflich, so wie er selber in British Columbia oft begrüßt worden war.

„Oh fine! Wir können gerne Deutsch sprechen, wenn Sie wollen. Mein Vater stammt aus Düsseldorf und ich habe nichts dagegen, ein wenig zu üben."

Brucklacher lächelte. Sie fuhr fort.

„Ein wirklich schöner Campground, auf den Sie sich hier zurückgezogen haben",

sie sprach mit deutlichem Akzent, aber ganz korrekt und flüssig.

„Wie ich sehe, hatten Sie auch schon ein schönes Campfire? Das gehört hier einfach dazu, wenn man sich im Freien aufhält."

Die Feuerstelle neben dem RV dampfte noch immer. Tatsächlich hatte Brucklacher die halbe Nacht eingeheizt. Das Holz war vom Strand. Dort lag es in großen Mengen, angeschwemmt vom Pazifik. Der Smalltalk schien beendet.

„Muss wirklich sehr wichtig sein, sonst hätten die mich hier nicht rausgeschickt, um nach Ihnen zu suchen. Ich komme direkt aus Viktoria und werde Sie bis nach Vancouver begleiten."

Brucklacher war äußerst überrascht. Eigentlich hatte er heute vorgehabt, den knorrigsten Baum Kanadas zu besuchen. Er war sich bewusst gewesen, dass sein überstürzter Urlaub in eine ganz ungünstige Zeit fiel. Von der Unfallstelle aus hatte er sich im Büro abgemeldet und Urlaub beantragt. Dann war er zum Flughafen gefahren und hatte ein

Lastminute-Angebot nach Kanada gebucht. Er konnte sich dem schrecklichen Geschehen einfach noch nicht stellen. Er war der einzige Zeuge in einem Tötungsdelikt, ohne eine Aussage gemacht zu haben. Aber dass man ihm eine Polizeieskorte an den Urlaubsort schickte, überraschte ihn doch sehr. Das hätte er dem zuständigen Staatsanwalt Schnitzler nicht zugetraut. Der musste sich persönlich dahintergeklemmt haben.

„Was hat man Ihnen erzählt?",

fragte er interessehalber und sah der Beamtin dabei in die Augen. Die waren von derselben Farbe wie das Wasser des Pazifiks.

„Ich weiß nur, dass wir Weisung erhalten haben, Sie unverzüglich in ein Flugzeug zurück nach Deutschland zu setzen."

Er tröstete sich damit, dass er etwas Zeit gewonnen hatte, um mit sich selbst ins Klare zu kommen. In der nächsten halben Stunde saß er auf dem Beifahrersitz des Chevy der Royal Canadian Mounted Police. Er war ohnehin nur mit einer kleinen Reisetasche unterwegs gewesen. Die stand gepackt auf dem Rücksitz. Um seinen Camper kümmerte sich ein kanadischer Kollege. Nach drei Stunden entlang der Küste erreichten sie die Hauptstadt. Im Hafen von Viktoria bestiegen sie gemeinsam ein Wasserflugzeug nach Vancouver. Brucklacher war seltsam erleichtert. Seine Begleiterin wich ihm nicht von der Seite, bis er wieder im Flieger nach Frankfurt saß. Er hatte sein Zeitgefühl verloren und verschlief den zehnstündigen Flug. Als er von der Stewardess geweckt wurde, befand sich die Maschine bereits im Landeanflug.

Nach seiner Ankunft in Deutschland stellte er fest, dass er sich in psychologischer Betreuung befand. Am Flughafen wurde er von einer jungen Frau erwartet. Ihm war unerklärlich, wie sie ihn unter all den anderen Fluggästen erkannt hatte:

„Guten Morgen Mister. Sie müssen Inspektor Brucklacher sein! Mein Name ist Monika Freyh und ich soll Sie hier abholen."

Er verzichtete darauf, sich ihren Dienstausweis zeigen zu lassen. Die Frau strahlte Gelassenheit und Ruhe aus. Genau das, was er jetzt brauchte. Brucklacher folgte ihr durch die endlosen Gänge im Flughafengebäude. Sie wechselten kaum ein Wort. Zwanzig Minuten später hatten sie ihren Wagen im Parkhaus erreicht. Brucklacher war erschöpft und auch froh, nicht noch einen Intercity besteigen zu müssen. Erleichtert ließ er sich auf dem Beifahrersitz nieder und legte den Sicherheitsgurt an.

„Lassen Sie mich raten",

sagte Brucklacher, als sie den Wagen auf den Zubringer zur Autobahn nach Stuttgart steuerte.

„Sie sind Seelenklempnerin und sollen mich wieder zurechtbiegen."

Monika Freyh lächelte.

„Genau genommen bin ich Polizeipsychologin. So ein Trauma lässt sich leider nicht ungeschehen machen, aber es gibt wenigstens die Möglichkeit, mit einem Menschen über das Erlebte zu sprechen. Keiner Ihrer Kollegen hat die Zeit, sich Ihnen zuzuwenden. Als Ihre psychosoziale Betreuerin tue ich genau das und höre geduldig zu."

„Was denken Sie? Wie lange wird das dauern?",

fragte er nach. Monika Freyh setzte sich bequem in ihrem Sitz zurecht und aktivierte den Tempomat des Mercedes.

„Bei Ihnen handelt es sich um eine Monotraumatisierung. Ich kann versuchen, Sie das Trauma durcharbeiten zu lassen. Mit Hilfe der Bildschirmtechnik werden wir das Erlebte wie einen alten Film mit sehr viel Abstand betrachten. Ich werde Sie bitten, sich dabei eine Fernbedienung vorzustellen, mit der Sie den inneren Bildschirm Ihres Geistes beliebig verkleinern oder auch die Bilder einfrieren können. Das funktioniert ganz gut. Sie werden sehen. Wichtig ist, dass Sie mir wirklich alles erzählen, was Sie wahrgenommen haben."

Während der nächsten drei Stunden erleichterte sich Brucklacher. Er kannte sich selbst nicht mehr wieder. Ohne Hemmungen teilte er sich mit, als würde er die Frau schon Jahre kennen. Monika Freyh unterbrach ihn nicht. Seine halbe Lebensgeschichte breitete er vor ihr aus. Als er den Hergang der Tötung beschrieb, versagte ihm die Stimme.

„Es ist einfach unfassbar, so aus dem Leben gerissen zu werden."

Er wischte sich eine Träne aus dem Gesicht.

„Sobald ich daran denke, geht es mir nahe."

Seine Stimme bebte. Die Psychologin berührte seinen Arm ganz sanft.

„Das ist gut so. Solche Dinge geschehen einfach. Das alles muss Teil Ihrer Lebensgeschichte werden."

Sie verringerte die Geschwindigkeit, als sie Tübingen erreicht hatten.

„Ich glaube, jetzt ist es bald Zeit, dass wir uns verabschieden. Wo kann ich Sie rauslassen? Sie kommen einfach

morgen früh gegen zehn in meine Sprechstunde."
Sie legte Brucklacher vertraulich die Hand aufs Bein.
„Wir machen das gemeinsam."
Er war etwas verwirrt. In der nächsten halbe Stunde fühlte er sich wie ein übrig gebliebener Tanzschüler nach der Damenwahl. Jetzt in seiner Wohnung alleine zu sein, fand er unerträglich. Spontan machte er sich auf den Weg ins Büro. Sein plötzliches Verschwinden hatte unmittelbare Folgen gehabt. Mit sofortiger Wirkung war er von dem Entführungsfall abgezogen worden.

Innerhalb der Behörde gab es nun eine Arbeitsgruppe, die den Brand und seine Verbindungen zur Tötung der Staatsanwältin untersuchte. Es lagen bereits interne Untersuchungsergebnisse vor. Demnach bestand kein Zusammenhang zwischen den beiden Ereignissen. Man hatte zwar Anhaltspunkte für Brandstiftung entdeckt. Da aber nur Sachschaden entstanden war, lief es auf eine Anzeige gegen Unbekannt hinaus. Man behandelte den Tod der Staatsanwältin als Tötungsdelikt mit Fahrerflucht. Der schwarze Geländewagen konnte bislang nicht ermittelt werden. Nicht einmal die Aussage des Kommissars hatte man abgewartet.

Das alles lag tonnenschwer auf Brucklachers Gemüt. Hätte Corinna Hofleitner ihm nicht diese haarsträubenden Enthüllungen bezüglich der Entführung des Professors gemacht, hätte er vielleicht Frieden gefunden. Der Therapeutin hatte er diesen Teil der Geschichte verschwiegen. Zu viel stand auf dem Spiel. Wenn die Schlussfolgerungen der Staatsanwältin zutrafen, stand Brucklacher im Fokus eines skrupellosen Interessenkonfliktes, der ihn das Leben kosten konnte. Alle wichtigen Untersuchungsergebnisse waren beim Brand in ihrem Büro vernichtet worden. Wenn Spezialisten eine Rekonstruktion der Daten auf ihrer Festplatte vorgenommen hätten, wäre es vielleicht möglich gewesen ... Brucklacher hielt inne. Eigentlich hatte er schon lange gewusst, dass er an diesem Punkt ankommen würde. Jetzt hatte er ihn erreicht! Es gab kein Zurück mehr, wenn er seinen Seelenfrieden wiederfinden wollte. Sofort entwickelte er eine Strategie. Zunächst galt es herauszufinden, ob tatsächlich nicht von einem anderen Fachkommissariat weiter ermittelt wurde. Das wäre eine unüberwindliche Fallgrube gewesen. Er wollte keinesfalls hoch spezialisierten Beamten in die Quere kommen.

„Hallo, hier Kommissar Brucklacher. Meine Brille lag in Frau Hofleitners Zimmer. Kann mir jemand sagen, ob sie noch irgendwo aufgefunden wurde? Die war richtig teuer!"

Den restlichen Morgen brachte er damit zu, die in Frage kommenden Dezernate mit unverfänglichen Anfragen zu sondieren. Dabei achtete er sorgsam darauf, dass er seine Informationen aus der zweiten Reihe bezog. Assistenten waren meist sehr mitteilsam und engagiert. Als er um vier Uhr sein Büro verließ, war er hochzufrieden. Er wusste nun, wo die verkohlten Reste von Corinna Hofleitners Rechner eingelagert waren. Es gab ferner keine Anhaltspunkte, dass Anstrengungen unternommen wurden, den Tod der jungen Staatsanwältin aufzuklären. Nach dem schwarzen Geländewagen wurde zwar weiterhin gefahndet, aber mit jedem Tag, der ergebnislos ins Land ging, sank die Wahrscheinlichkeit, das Tatfahrzeug zu ermitteln.

KAPITEL 20

Arved lag auf seinem Bett und betrachtete die Zellendecke. Schlecht gestrichen, der Beton schimmert grau durch, dachte er. Es gab nichts, was er im Moment lieber getan hätte, als an diese Decke zu starren. Nicht oft hatte es Zeiten gegeben, in denen er völlig eins war mit sich selbst. Und das gelang ihm ohne den Konsum von Drogen oder Sex. Er, „Arved-Babygesicht", hatte etwas geschafft, was auf der ganzen Welt für Wirbel sorgen würde.

Gab es etwas Befriedigenderes als Anerkennung und das Staunen der Masse über die herausragende Leistung eines Einzelnen? Wohl kaum, dachte er, und genoss die Vorfreude auf den ganz großen Wurf. Seine Widersacher und all die dummen Menschen, welche seine wahre Größe nicht erkannt hatten, würden jetzt verstummen und leiden müssen. Arved ritt auf einer Woge des Größenwahns wie ein Surfer die perfekte Welle. In diesem Moment liefen auf der ganzen Welt die Server heiß auf der Suche nach dem Mann, der die am häufigsten verwendete Datenverschlüsselung der Welt pulverisiert hatte. Mit jedem Handy war es so ein Kinderspiel, an die sensibelsten Daten heranzukommen. Nicht einmal die Mauern eines Atombunkers boten Schutz gegen den Passwort- und Datenklau, weil er im Besitz des richtigen Schlüssels war. Um an ihn heranzukommen, würden sich die Cracks erstmal die Zähne ausbeißen. Sein Werk war perfekt gesichert. Er saß hier in seiner Gefängniszelle und würde zusehen, wie die Mäuse tanzen. Keiner konnte ihn mit dem, was folgen würde, in Verbindung bringen.

Arved sah hinüber zu einer Fotografie von Luna. Liebevoll strich er über den Bilderrahmen.

In zehn Minuten war die Mittagsruhe beendet. Dann würde ihn dieser einfältige Sozialarbeiter wieder mit noch einfältigeren Tipps zur Arbeit mit dem Computer langweilen. Und das ausgerechnet ihm! Aber immer noch besser, als irgendwo in der Anstaltskantine eine Ausbildung zum Hilfskoch zu absolvieren.

Er fasste hinüber zu der kleinen Ablage über seinem Bett und griff sich ein Buch mit schwarzem Ledereinband. Ganz behutsam öffnete er den Reißverschluss, der Buchblock und Deckel zusammenhielt. Zielsicher blätterte er im alten Testament bis zu seinem Lieblingspropheten. Immer wenn er das Buch öffnete, war das wie eine heilige Handlung. Alles, was dort stand, war die Wahrheit. Er hatte es selbst erfahren. Die Geschichten der Propheten ähnelten seiner eigenen. Sie waren, so wie er selber, oft einen einsamen Weg gegangen. Auch er fühlte den inneren Auftrag, das Wort seines Herrn zu verkünden. Und der sprach sehr deutlich zu ihm, wenn er oft nachts wach lag. Er konnte dieser Stimme vertrauen, sie hatte ihn noch nie in die Irre geführt. Arved hatte einen Tag damit verbracht, die Bibel nach passenden Zitaten zu durchsuchen. Kaum länger hatte es gedauert, ein Programm zu schreiben, das sich mühelos bis in das Interface der Computernutzer durchmogelte.

Er hörte Schritte auf dem Gang. Die Tür wurde geräuschvoll entriegelt und geöffnet. Arved sprang auf. Er trug ein graues Kapuzenshirt und Trainingshosen, dazu Turnschuhe. Der Vollzugsbeamte wartete, bis er die Zelle verlassen hatte, und schloss dann wieder ab. Arved beachtete den Beamten kaum. Der Mann im lindgrünen Rollkragenpulli trug einen Schlüsselbund bei sich. Auf den Schulterklappen waren vier Sterne aufgenäht. Ein Oberinspektor also. Je höher der Rang, umso dicker der Bund. Das war eine einfache Formel. Es mochten wohl zwanzig fingergroße Schlüssel dort klimpern. Den Beamten schätzte er um die vierzig, Typ gemütlicher Familienvater. Graue Schläfen, Vollbart und ein ordentlicher Bauch wiesen ihn aus. Er sagte nichts. Beim Durchschreiten jeder zweiten Pforte summte die elektronische Sicherung. Jedes Stockwerk besaß eine andere Farbe im Neubau der JVA Stammheim. Darunter immer derselbe eintönige Beton. Im Treppenhaus war alles in Orange getaucht. Das sollte wohl attraktiv wirken, dachte Arved mit einem zynischen Lächeln auf den Lippen. Der Oberinspektor registrierte die Erheiterung. Bis vor wenigen Jahren waren hier nur Untersuchungshäftlinge untergebracht gewesen. Inzwischen waren zwei Drittel Strafhäftlinge.

Draußen ging immer noch der Mythos vom Terroristengefängnis Stammheim um. Die waren damals im Altbau, durch insgesamt dreizehn Türen vor der Öffentlichkeit gesichert, im siebten Stock untergebracht. Alt- und Neubau strahlten dieselbe nüchterne Hässlichkeit aus. Keine Farbe der Welt konnte das wettmachen, befand Arved.

„Sie werden bald umziehen!",
meinte der ergraute Teddybär plötzlich. Arved erschrak beinahe. Er war nun schon mehrere Wochen alleine untergebracht, nachdem sein Zellengenosse sich nach einer Infektion auf die Krankenstation verabschiedet hatte. Aber wozu ein Umzug innerhalb der Anstalt?

„Da freuen sie sich doch sicher",
bemerkte der Beamte, ohne den Gefangenen anzuschauen. Die Nächte bei geschlossenem Fenster in einer zwölf Quadratmeter großen Zelle zu verbringen, war schlimm genug. Arved ekelte sich schon jetzt vor dem Schweißgeruch eines Fremden. Keine gute Neuigkeit. Durch die wenigen Fenster nach draußen erhaschte er einen Blick auf die Kontrollzentrale. Von dort aus wurde der Außenbereich videoüberwacht, mit vierzehn unbestechlichen Kameras. Der Schließer ging gewissenhaft seiner Arbeit nach. Ein Summer zeigte das elektronische Entriegeln der nächsten Verbindungstür an.

KAPITEL 21

Nickel ging es richtig schlecht. Nichts half mehr, um sich abzulenken. Er konnte jetzt rein gar nichts tun als abwarten. Sein Gehirn lief seit Tagen im Hochbetrieb. Jede Nacht wurde er wach, und sofort war alles wieder da. Er hatte Angst, große Angst. Es war ihm unangenehm, das Haus zu verlassen, aber in der Wohnung fiel ihm beinahe die Decke auf den Kopf. Er würde alles tun, was die Entführer seines Onkels von ihm verlangten. Soviel stand für ihn fest. Zu viel stand auf dem Spiel. Nickel verspürte den Drang, eine Zigarette zu drehen, erinnerte sich aber zeitgleich, dass er schon seit drei Jahren nicht mehr rauchte. Dann ging das Telefon auf der Anrichte in der Küche. Sein Pulsschlag erhöhte sich und das Herz schlug ihm bis zum Hals. Zitternd griff er nach dem Hörer und meldete sich:

„Ja bitte?"

Eine freundliche männliche Stimme erkundigte sich:

„Spreche ich mit Herrn Sven Nickel?"

Nickel zögerte und erklärte kurz:

„Ja!"

„Mein Name ist Brucklacher. Ich ermittle in der Sache

mit Ihrem Onkel. Ich nehme an, meine Kollegen haben sich bereits bei Ihnen gemeldet ...?"

Der Kommissar setzte alles auf eine Karte und tastete sich vor.

„Nein, nicht dass ich wüsste."

Bingo! Volltreffer. War es tatsächlich möglich, dass dieser wichtige Zeuge bei den Ermittlungen einfach vergessen wurde?

„Hören Sie? Ich würde mich gerne mit Ihnen treffen, um mehr über Ihren Onkel zu erfahren. Ich bin der festen Überzeugung, der alte Mann wurde entführt und braucht unsere Hilfe."

In Nickels Kopf rauschte das Blut. Ohne noch lange nachzudenken, drückte er das Gespräch weg. Wie war das möglich? Weshalb wusste plötzlich alle Welt, dass der alte Professor sein Onkel war? Solange er sich erinnern konnte, war es stets ohne Bedeutung gewesen. Und jetzt wusste schon die Polizei, dass es eine familiäre Verbindung gab.

Plötzlich überfiel ihn Panik und ein unbestimmter Drang, sich zu verstecken. Er angelte nach seiner Jeans in einem wirren Kleiderhaufen und zog sie hastig über. Dann griff er sein Handy, Geldbeutel und Papiere. Als er den Hausschlüssel aus der Wohnungstür ziehen wollte, um ihn einzustecken, ging die Klingel. Durch den Glaseinsatz nahm er die Umrisse eines Besuchers wahr. Er öffnete einen Spalt und lugte hindurch.

„Nicht erschrecken! Ich bin Kommissar Brucklacher. Wir haben eben miteinander telefoniert. Bitte geben Sie mir nur fünf Minuten!"

Nickel zögerte.

„Aber hier sieht es aus. Meine Putzfrau macht gerade Ferien in Griechenland",

log er frei heraus.

„Das macht rein gar nichts. Darf ich trotzdem kurz reinkommen?"

Die Tür wurde vollends geöffnet. Brucklacher kam der unverkennbare Geruch einer Singlewohnung entgegen. Es roch einfach anders, wenn mehrere Personen zusammen wohnten. In Windeseile hatte er alle Erfahrungen seiner Laufbahn mit dem ersten Eindruck abgeglichen. Der Junge war in Ordnung, aber ein Hauch von Panik lag in der Luft. Rein optisch gesehen herrschte das perfekte Chaos, aber das war hier sicher nicht immer so. Plakate und Bilder an den Wänden teilten sich mit. Der Fußboden war vor kurzem erneuert worden. Sven Nickel zog schnell noch die Tür zu seinem Arbeitszimmer zu.

„Wir können uns dahinten in die Küche setzen!"

Er hatte verlegen beide Hände in die Gesäßtaschen seiner Jeans geschoben und ging voraus. Brucklacher folgte ihm und wich den umherstehenden Tüten und Kartons im Gang aus.

„Wollen Sie eine Tasse Kaffee?"

„Wenn es keine Umstände bereitet, gerne!"

Brucklacher nahm die Chance wahr, um den unangemeldeten Besuch in die Länge zu ziehen. Nickel öffnete den Hochschrank und entnahm eine angebrochene blaue Tüte mit Espressobohnen. Dann nahm er den Deckel der elektrischen Kaffeemühle ab und füllte den Behälter zur Hälfte. Schon bald erfüllte der Duft frisch gemahlener Kaffeebohnen die kleine Küche. Brucklacher hatte sich an die erhöhte Anrichte gestellt und beobachtete das Zeremoniell.

„Riecht wirklich gut!",

bemerkte der Inspektor anerkennend. Sein Gegenüber erklärte,

„Ist auch ein Blue Mountain! Das sind die edelsten Bohnen, die im Handel sind."

Er sah kurz zu dem Beamten hinüber.

„Andere Leute legen sich sündhaft teure Weine in den Keller. Ich hab's mit dem Kaffee."

Brucklacher fiel nichts dazu ein. Seine Kenntnisse zu Thema Kaffee endeten am Einschaltknopf billiger Maschinen mit Papierfiltern und Supermarktangeboten.

„Die ganzen Vollautomaten kann man getrost vergessen. Wie überall ist Handarbeit immer noch der Technik in manchen Dingen überlegen."

Nickel wunderte sich selbst, wie gut es ihm tat, sich mitzuteilen. Gekonnt füllte er den Wasserbehälter der Edelstahlkanne mit Quellwasser.

Das hatte er eigenhändig abgefüllt.

„Es kommt auf die Qualität der Ausgangsprodukte an, dann schmeckt auch das Endergebnis entsprechend."

Nach circa fünf Minuten trank Brucklacher den erlesensten Cappuccino seines Lebens.

„Nun, was können Sie mir zu Ihrem Onkel erzählen?",

fragte er über den Rand seiner Tasse hinweg.

KAPITEL 22

Als Brucklacher wieder auf der Straße stand, pochte ihm das Blut in den Adern. Er hatte soviel gehört, was ihm neu war, und Sachverhalte waren aufgeworfen worden, die ihn verwirrten. Wenn auch nur ein Teil dessen zutraf, was der Junge ihm mitgeteilt hatte, führte der Fall in Dimensionen, die seine Möglichkeiten eindeutig überforderten. Erstaunlich waren die Parallelen zu den Erklärungen der Staatsanwältin Hofleitner, kurz vor ihrem gewaltsamen Tod. Es drehte sich alles um diesen Super-Algorithmus, der imstande war, die gesamte Welt der Computerdaten zu erschüttern, das hatte Brucklacher nun verstanden. Eine innere Stimme sagte ihm, dass noch mehr geschehen würde. Irgendwie war der alte Professor in die Sache verwickelt. Das war ihm jetzt klar. Nur wie genau, das hatte das Gespräch nicht enthüllen können. Er war sich sicher, dass Sven Nickel ihm auch nicht alles gesagt hatte, was er wusste. Überhaupt machte der junge Mann einen recht erschütterten Eindruck, fast so, als hätte er ein Trauma erlebt. Das konnte er im Moment recht gut nachempfinden. Brucklacher beschloss, ihn bald wieder aufzusuchen, vielleicht würde er noch mehr Vertrauen fassen und sich öffnen. Seine jüngsten Erfahrungen mit extremen Erlebnissen kamen ihm nun zugute.

Brucklacher konstatierte, dass er sein Dienstfahrzeug im absoluten Halteverbot geparkt hatte. Ein Fiesta, der keck neben ihm in zweiter Reihe abgestellt worden war, trug bereits ein Knöllchen unter dem Scheibenwischer. Um den Dienstwagen hatten die Stadtpolizisten einen Bogen gemacht. Wenigstens ein kleines Privileg, dachte der Kommissar. Im Wagen zog er sein Notizbuch mit grauem Ledereinband hervor und machte sich ein paar Notizen zu der Befragung. Die Gefahr war gering, dass ein anderer Ermittler Sven Nickel aufspürte und in Zusammenhang mit dem Verschwinden des alten Professors brachte. Eine Fahndung nach zwei Unbekannten in einem gewöhnlichen Lieferwagen war eingeleitet worden, aber erfahrungsgemäß konnte nur noch ein glücklicher Zufall Bewegung in den Fall bringen. Die Spur des alten Mannes und seiner mutmaßlichen Entführer verlor sich bereits an der Stadtgrenze von Tübingen. Als er alles in seinem Büchlein notiert hatte, startete er den Passat.

Während der Fahrt dachte er über seine weitere Vorgehensweise nach. Er spielte kurz mit dem Gedanken, seine Kontakte beim MEK zu nutzen, ließ den Gedanken aber sofort wieder fallen. Was sollte er denen erzählen? Etwa, dass ein Algorithmus drauf und dran war, die Sicherheit der Bundesrepublik zu gefährden? Er konnte sich schon die Reaktion ausmalen, wenn ein kleiner Kriminalkommissar auszog, um die Welt zu retten. Die ganze Sache klang so abwegig und phantastisch, dass ihm keiner glauben würde. Was also tun? Brucklacher war ratlos. Dann dachte er an das brutale Ende der Staatsanwältin. Ihre Mörder schienen entkommen zu sein. Er musste in Ruhe nachdenken. Zielstrebig steuerte er den Dienstwagen in Richtung Botanischer Garten. Hier hatte er schon Impulse zur Lösung schwieriger Probleme erhalten. Dies war ein Platz, wo komplizierte Vorgänge ins rechte Licht gerückt wurden. In der stillen Betrachtung der Pflanzenwelt nahmen die Motive des menschlichen Geistes Kontur an und wurden nicht selten leichter erkennbar.

Der Kommissar war ein passionierter Pflanzenliebhaber, aber weder Botaniker noch Gärtner. Sehr interessiert und bewegt vom Werden und Vergehen in der Natur, hatte er in seinem Leben noch kein einziges Radieschen gepflanzt, las aber beinahe jede Veröffentlichung der Kapazitäten des botanischen Fachbereiches an der Universität Tübingen. Das phylogenetische System der Anglospermen, Farne und Gymnospermen waren seine Themen und entlockten ihm ähnliche Euphorie wie anderen Leuten die aktuellen Bundesligaergebnisse.

Er entdeckte einen freien Parkplatz gleich oberhalb der naturwissenschaftlichen Institute, dieses Mal nicht im Halteverbot. Brucklacher betrat die Anlage durch den Haupteingang. Er schlenderte an der Aussichtskanzel vorbei. Von hier aus hatte man eine guten Überblick auf die wunderschöne Anlage. Viele Besucher gingen am Alpinum achtlos vorbei und strebten bei bedecktem Wetter direkt in die warmen Gewächshäuser. Brucklacher hingegen liebte es, den oft unscheinbaren Schönheiten der Steinwüsten nahe zu sein. Hier war es ihm möglich, frei zu atmen. Als Mitglied des Fördervereins des Botanischen Gartens hatte er den Bau des Alpinenhauses Schritt für Schritt begleitet.

Aber heute war alles anders. Drei Busse mit asiatischen Touristen waren soeben eingetroffen und machten das Gelände zu einem digitalen Alptraum. Ständig wollte einer der kleinen Kerle fotografiert werden. Schon nach einer halben Stunde verließ der Kommissar den Garten fluchtartig. Nichts schien sich heute zusammenfügen zu wollen. Er beschloss, seinen Arbeitsplatz aufzusuchen und ging zu seinem Wagen zurück.

Die Polizeidirektion in der Konrad-Adenauer-Straße war nicht gerade ein Höhepunkt abendländischer Architektur. Immerhin fanden dort aber über vierhundert Beschäftigte und circa achtzig Dienstfahrzeuge Platz. Über zwanzigtausend echte Notrufe hatten die Bürger im letzten Jahr abgesetzt. Diese Zahl war ihm im Gedächtnis geblieben, und dass er einer von sechsundsechzig Kriminalisten dieser Dienststelle war, erfüllte ihn mit einem gewissen Stolz. Als er das Gebäude betrat, ahnte er bereits, dass er das Rätsel um den verschwundenen Professor heute nicht mehr lösen würde. Auf den Gängen begegneten ihm unbekannte Damen und Herren. Das waren bestimmt keine Besuchergruppen wie gewöhnlich. Dazu traten sie zu selbstbewusst auf. Das BKA war auf den Plan getreten. Die Abteilung für Informations- und Kommunikationskriminalität besaß nicht einmal mehr einen Eintrag bei Wikipedia, so sensibel wurde das Thema heutzutage eingestuft. In seinem Büro saßen fremde Leute. Ein junger Beamter war gerade dabei, seinen Rechner zu durchforsten.

KAPITEL 23

Noch bevor die Nachtschicht an diesem Morgen ihren Dienst beendete, begann das interne Netzwerk der Polizeidirektion Tübingen sich selbständig mit Daten zu versorgen. Die Server arbeiteten auf Hochtouren und zogen ohne Unterbrechung Inhalte aus der digitalen Datenflut. Das geschah nicht nur hier, sondern gleichzeitig in zahlreichen regionalen Behörden und Landeskriminalämtern. Nach einer Stunde war der Spuk beendet. Als die Beamten und Angestellten nach dem Angriff ihre Rechner hochfuhren, wurden sie mit bildschirmfüllenden Bibelzitaten begrüßt. Außerdem tauchten sensible Daten aus Wirtschaft, Politik und Verwaltung auf. Alles offengelegt und ohne Verschlüsselung einsehbar. Das Bundesinnenministerium reagierte mit der Anweisung einer sofortigen Überprüfung der Festplatteninhalte auf sämtlichen Rechnern der Landeskriminalämter. Brucklacher hatte von der ganzen Aufregung nichts mitbekommen, da er an diesem Morgen später zur Arbeit erschienen war.

„Hier sieht es ja aus, als wäre die Steuerfahndung dagewesen", kommentierte er das Durcheinander in seinem Dienstzimmer beiläufig. Ein junger Beamte am Rechner sah kurz auf und entgegnete trocken:

„Die hätten vermutlich das Laminat vom Boden gerissen, um zu schauen, was drunter ist. Wir drücken nur jeden Computer durch ein Sieb."

„Darf man erfahren, mit wem ich die Ehre habe?",
fragte Brucklacher amüsiert.

„Entschuldigung! Jens Baumeister vom BKA, Abteilung Informations- und Kommunikations-Kriminalität. Bin hier gleich fertig und gehe nach nebenan."

Ein Techniker kniete am Boden und machte sich an der Netzwerksteckdose zu schaffen. So eine Aufregung hatte Brucklacher schon lange nicht mehr in der Behörde erlebt. Da schimpften und beschwerten sich die Beamten und Angestellten rund ums Jahr, weil der Datenaustausch immer langsamer vonstatten ging. Zeitweise hatte er selbst entnervt zu seiner alten Schreibmaschine gegriffen, um den Schriftverkehr mit der Staatsanwaltschaft abzuwickeln. Aber jetzt machten die Computer in der Behörde etwas Unerwartetes und sofort wurde der Notstand ausgerufen. Brucklacher sah auf die Uhr. Langsam beschlich ihn Unbehagen. Eigentlich hatte er vorgehabt, sich bis zum Mittagessen in seinem Büro zu vergraben, aber daraus wurde jetzt nichts.

Er zog ein Anschreiben des Amtsgerichtes Reutlingen aus der Innentasche seiner Jacke und entfaltete es. Man hatte ihn um 13.30 Uhr zu einem Gerichtstermin geladen. Sein persönliches Erscheinen war angeordnet worden. Brucklacher saß praktisch ständig als Zeuge der Anklage in irgendeinem Gerichtssaal. Dieses Mal waren die Rollen vertauscht. Man hatte ihn auf Schadensersatz in einer schon drei Jahre zurückliegenden privaten Kaufvertragssache verklagt, und dieser kleine Unterschied machte ihm zu schaffen. Heute saß er auf der Anklagebank. Um glimpflich aus der Sache heraus zu kommen, hatte er in der Stadt eine Kanzlei aufgesucht und sich einen jungen Anwalt genommen. Warum er sich ausgerechnet für diesen milchgesichtigen Frischling entschieden hatte, lag auf der Hand. Ein erfahrener Verteidiger hätte ihm vielleicht dazu geraten, den Ball flach zu halten und sich außergerichtlich zu einigen. Aber gerade das hatte er nicht vor, schließlich ging es ja um sein Geld.

„Wohin soll ich den Kaffee stellen, Chef?",
fragte die Sekretärin unter ihrer Hornbrille mit Halsbändel hindurch. Der Kommissar sah etwas aufgekratzt aus, fand sie.

„Die Brezeln sind ganz frisch von heute Morgen."
Frau Nägele tat ihr Bestes, um ihren Vorgesetzten aufzuheitern, doch vergeblich. Statt einer Antwort sah der durch sie hindurch und ging zielstrebig an ihr vorbei. Das war ihm hier alles zu viel. Die Sekretärin zuckte mit den Schultern und brachte dann Kaffee und Butterbrezeln den Beamten vom BKA im Zimmer nebenan. Der Kommissar sah schon wieder auf die Uhr. Der Zeiger kletterte nur langsam vorwärts. Er setzte sich ans Steuer seines Wagens. Stadtauswärts hatte sich ein Stau gebildet, der den Verkehr bis in die Außenbezirke von Tübingen lahmlegte. Als er endlich auf der Stadtautobahn in Richtung Reutlingen unterwegs war, fragte er sich ernstlich, wie er in eine solche

Situation hatte hineinschlittern können. Er erinnerte sich. Alles hatte mit einem mächtigen Schnupfen begonnen. Anfang November vor beinahe drei Jahren hatte er die Verbrauchermesse in Stuttgart besucht. Eigentlich hatte er gar nicht vorgehabt, etwas zu kaufen.

Als er an einem Messestand für Solartechnik die blitzenden Kollektoren bewunderte, begann das Verhängnis seinen Lauf zu nehmen. Schnell war ein Handelsvertreter zur Stelle, der ihn langsam aber sicher in ein Verkaufsgespräch verwickelte. Mit sächsischem Dialekt und viel Sachverstand wurden aus billig importierten Glasröhren Entwicklungen deutscher Ingenieure und blitzende Energieraketen. Willig hatte er sich ins Innere des Messestandes führen lassen und saß nun inmitten einer Horde von Mitarbeitern mit hungrigen Blicken.

Dann lief die Vorstellung ab, welche einem gut einstudierten Ritual folgte. Wie der Zuschauer eines klassischen Theaterstücks wurde Brucklacher nach allen Regeln der Verkaufskunst in das Reich der technischen Phantasie entführt. Selbstverständlich gab es Projektierungspartner, verteilt auf das ganze Bundesgebiet: den freundlichen Marketingleiter, der beim Abschluss eines Werbevertrags noch zusätzlichen Messerabatt versprach, und nicht zu vergessen den zuvorkommenden Handelsvertreter, der gleich am letzten Tag der Messe noch seine wertvolle Zeit zu opfern gedachte, um einen Hausbesuch abzustatten. Man müsse jetzt nur hier unterschreiben, um in den Genuss der ausgelobten Rabatte zu kommen. Und Brucklacher tat es. Er mochte sich gar nicht mehr erinnern, wie oft er sich in den vergangenen drei Jahren diese Frage gestellt hatte: Warum habe ich Hornochse das unterschrieben? Jetzt war er auf dem Weg, die Suppe auszulöffeln, die er sich da eingebrockt hatte. Schon am nächsten Tag hatte er schriftlich den Vertrag gekündigt, nachdem er im Internet eindeutig die gekaufte Anlage als billiges Plagiat entlarvt hatte.

In der Folgezeit hatte ein reger Schriftwechsel mit dem Geschäftsführer der Solarfirma stattgefunden. Wie ein Aal versuchte sich Brucklacher aus dem Vertrag herauszuwinden. Schließlich wurde es der Gegenseite zu bunt und er erhielt ein Schreiben von deren Anwalt. Nächtelang brütete Brucklacher über den Möglichkeiten, das Vertragswerk anzufechten. In Abstimmung mit seinem jungen Rechtsvertreter erarbeitete er schließlich eine Klageerwiderung, die sich wirklich sehen lassen konnte.

Er parkte seinen Wagen beim Friedhof unter den Linden und ging dann stadteinwärts. Ein wenig Bewegung würde ihm jetzt noch gut tun. Im Vorübergehen sah er über die Friedhofsmauer und dachte einen kurzen Moment an die schaurigen Überreste von Wachsleichen, welche immer noch in der Rechtsmedizin auf ihre endgültige Bestattung warteten. Überhaupt bewegte sich im Fall Escher überhaupt nichts mehr. Nun gut! Die Wachsleichen scherten sich nicht mehr um Gerichtstermine.

Als er die Wilhelmstraße erreichte, empfing ihn das typische Menschengewirr einer städtischen Einkaufsmeile bei schönstem Wetter. Nach dem Marktplatz bog er ab Richtung Gartentor. Ehe er sich's versah, war er schon an dem ehrwürdigen Amtsgerichtsgebäude vorübergegangen. Es war noch etwas Zeit bis zum vereinbarten Termin. Also überquerte er die Straße und überbrückte die quälenden

Minuten. Als er schließlich die wenigen Stufen zum Eingang erklomm und das Gebäude betrat, empfing ihn die distanzierte Atmosphäre der Amtsstuben. Er versicherte sich nochmals auf der Ladung, in welchem Gerichtssaal die Verhandlung stattfinden sollte. Erster Stock, Gerichtssaal römisch vier. Noch keine Seele war erschienen. Brucklacher las aufmerksam den Belegungsplan. Da stand sein Name und der Name der Kläger. In einer weiteren Spalte stand „Schadensersatz" zu lesen. Eine beleuchtete Tafel wies die Verhandlung als öffentlich aus. Das Milchgesicht erschien auf den letzten Drücker. Inzwischen war auch der Geschäftsführer der Gegenseite samt Rechtsanwalt eingetroffen. Beide machten einen gedrückten Eindruck. Ob es wohl daran lag, dass sie sich unbehaglich fühlten, was ihre Chancen betraf, oder einfach unter den Folgen der langen Anreise litten? Brucklacher vermochte es nicht zu ergründen.

Genau eine halbe Stunde später war er um zweitausendeinhundert Euro ärmer, die achtzig Prozent Gerichts- und Anwaltskosten noch nicht eingerechnet. Die Richterin hatte seine Einwände als unbeweisbar abgetan und ihm keinerlei Hoffnung für eine erfolgreiche Beweisaufnahme gemacht. Sie ging sogar so weit zu erklären, man wolle wohl Honig saugen in Form einer solchen Klageerwiderung. Brucklacher fiel zurück auf den schnöden Boden der Tatsachen. In Zukunft würde er die solare Energie nur noch in der Badehose genießen und einen großen Bogen um das Messegelände machen.

Was würde wohl Jutta dazu sagen?

KAPITEL 24

„Du dämlicher Idiot! Der Alte stirbt uns noch weg, weil du hier einpennst!"

Die ehemalige Krankenschwester schrie ihren schlaftrunkenen Freund in voller Lautstärke an.

„Sieh dir diese Sauerei an, du Penner!",

fluchte sie lautstark weiter und versuchte, die Infusionsnadel wieder an ihren Platz zu rücken. Blut und Infusionsflüssigkeit hatten sich auf der Bahre gesammelt und bildeten sich als feuchter Fleck ab. Escher lag totenbleich auf dem Transportbett und war ohne Bewusstsein.

„Wir brauchen doppelt so viel von dem Zeug wie geplant. Ich kann so nicht für sein Leben garantieren. Wenn der ex geht, sehen wir keine Kohle! Kapierst du das, Idiot?"

Jetzt stand sie dicht bei dem gut zwei Kopf größeren ehemaligen Türsteher. Der machte keine Anstalten, sich zu verteidigen. Er tat gut daran. Vor starken Frauen hatte er Respekt, auch wenn diese ihm kräftemäßig unterlegen waren. Bei einer Auseinandersetzung mit einer Discobesucherin hatte er vor fünf Jahren beinahe das Augenlicht verloren. Das Biest hatte ihm regelrecht die Augen ausgekratzt. Immer noch zierte eine fünf Zentimeter lange Narbe seine

Stirn. Seither begegnete er dem weiblichen Geschlecht mit Vorsicht. Alle drei standen unter Stress. Der Amerikaner sah aus, als wäre er einer Krankenhaus-Soap entstiegen. Er trug eine Ray-Ban-Brille auf der makellosen Nase und ein Stethoskop um den Hals. Im wirklichen Leben hätte er einen passablen Rettungsassistenten abgegeben. Unter dem Arztkittel trug er einen Holster mit Schusswaffe. Stündlich checkte er seinen E-Mail Account. Den hatte er eigens für diesen Job eingerichtet.

„Shit!",
beklagte er sich ziemlich lautstark.

„What's going on here?"
Er hatte wenig Lust, noch eine Nacht in dem Unterschlupf zu verbringen. Zu groß war die Gefahr, entdeckt zu werden. Sie irrten mit ihrer Geisel durch die Gegend. Was für eine Schnapsidee, alles über das Internet abzuwickeln! Ein Handy konnte man leicht verschwinden lassen. Im Web hinterließ man sehr viel deutlichere Spuren. Endlich machte sich das Notebook mit einem Signalton bemerkbar. Der Amerikaner öffnete den Browser und loggte sich auf dem Mailserver ein. Er erstarrte für Sekunden, dann klappte er das Notebook wieder zu und sah sich um. Ohne noch ein Wort mit seinen Komplizen zu wechseln, suchte er das Weite. Die Krankenschwester sah ihm ungläubig nach, wie er sich davonmachte. Sie begriff sofort, dass etwas schief gelaufen war. Der Schweinehund wollte sie hier im Stich lassen! Ihr Lover türmte Hals über Kopf und ließ sie mit dem Alten zurück. Ohne zu zögern tat sie dasselbe. Ihr Freund folgte ihr, wie ein zu groß geratenes Hündchen.

Escher lag regungslos in dem alten Krankenwagen, der

mit geöffneten Türen in dem verlassenen Schuppen stand. Ein milder Wind strich über die Albhochebene. In der Ferne hörte man leise einen Diesel arbeiten.

KAPITEL 25

Brucklacher dachte nicht daran aufzugeben. Auf gar keinen Fall! Soeben hatte er eine äußerst unangenehme Unterredung mit dem zuständigen Staatsanwalt Schnitzler hinter sich gebracht. Immer wenn er mit diesem aalglatten Typen zu tun hatte, dachte er unweigerlich an schlüpfrige Algen. Der Mistkerl war gut dreißig Jahre jünger als er, behandelte ihn aber von oben herab. Eigentlich schiss er regelrecht auf die Ermittler herunter. Er hatte die Nachfolge für die getötete Staatsanwältin anscheinend nur widerwillig angetreten. Irgendwie hatte er Wind davon bekommen, dass Brucklacher sich noch weiter mit dem Fall Escher beschäftigte. Wer ihm das gesteckt hatte, war noch nicht klar. Wahrscheinlich gab es Kollegen, die ihm nicht wohlgesinnt waren. Er würde es früher oder später herausfinden.

Aber das Treffen mit dem Staatsanwalt hatte auch ein neues Licht auf die Ereignisse geworfen. Brucklacher war schon zu lange in dem Job, um die Zusammenhänge nicht zu erkennen, die offensichtlich zwischen dem gewaltvollen Tod von Corinna Hofleitner und dem Verschwinden des alten Professors bestanden. Zumindest geschahen beide Taten zeitnah, und die überzogene Reaktion der Staatsanwaltschaft war ein zusätzliches Indiz, dass irgend etwas im Busch war.

Eigentlich hatte man ihn schon seit den Zeiten der RAF nicht mehr von einem Fall abgezogen. Da die neuerlichen Ereignisse wohl weniger politischer Natur zu sein schienen, gab es nicht mehr so viele Möglichkeiten, eine Richtung zu bestimmen, in welche die Reise gehen könnte. Irgendwo gab es undichte Stellen im Beamtenapparat. Irgendwie stand die Entführung mit diesen geheimnisvollen Algorithmen in Verbindung, von denen Brucklacher nur wusste, dass sie in der Lage waren, großes Unheil zu stiften. Immerhin hatten sie schon ein Todesopfer gefordert und dabei würde es vermutlich nicht bleiben.

Was ihn entsetzlich wurmte, war die Art und Weise, wie die Situation von der vorgesetzten Behörde behandelt wurde. Immer wenn es wirklich wichtig wurde, schob man die Verantwortung weiter nach oben. Dort saßen dann mehr oder weniger fähige Beamte mit noch höheren Bezügen, die es dann richten sollten. Es ging gar nicht mehr darum, den Fall aufzuklären und die Schuldigen zu überführen, sondern es die Zuständigkeit wurde wie ein Fetisch weitergereicht, um ja gut dazustehen, wenn einem die Sache um die Ohren flog. Das war etwas, was er zutiefst ablehnte und wo ihm das System den Buckel hinunterrutschen konnte. Genau da wollte er nicht mitmachen. Er setzte alle Hebel in Bewegung, um Klarheit in der Entführungssache zu bekommen. Das würde ihn möglicherweise zu den Leuten führen, die Corinna Hofleitner vor seinen Augen getötet hatten, so glaubte er.

Er fuhr an der Ampelanlage links stadteinwärts und vergewisserte sich kurz auf dem Straßenschild, dass er richtig abgebogen war. Er fand sich zurecht, selbst ohne Straßenkarte und Navigationsgerät. Nickels Wohnung befand sich in einer Sackgasse unterhalb des Österbergs in Tübingen. Eigentlich keine schlechte Wohngegend und sicher recht teuer, wie fast jede Bleibe nahe der Innenstadt. Heute würde ihm der Junge alles erzählen müssen, was er über die Umtriebe seines Onkels wusste. Brucklacher parkte den Wagen auf einem der Anwohnerparkplätze. Dann ging er durch den sauber gekehrten Hof zwischen zwei Häusern hindurch. Mehrere Tauben flogen auf. Ihr Flügelschlag hallte peitschend von den aufragenden Fassaden der Stadthäuser wieder. Er studierte die stattliche Anzahl von Klingelknöpfen. Schon aus der Gestaltung der einzelnen Adressen war ersichtlich, dass eine Menge Studenten hier wohnten.

Als er Nickels Klingel betätigte, geschah minutenlang nichts. Dann hörte er Schritte von oben aus dem Treppenhaus. Die Tür wurde von innen geöffnet. Eine junge Studentin mit gehäkeltem Minirock über zerfransten Jeans zog lächelnd an ihm vorbei. Brucklacher wollte sich einfach nicht an den Anblick von Piercings im Gesicht junger Menschen gewöhnen. Er fühlte sich dann so schrecklich alt und auf dem absteigenden Ast.

Vor einigen Jahren noch hatte er sich bemüht, wenigstens die angesagte Musik der jungen Generation anzuhören.

Aber es war ihm nicht gelungen, sich darin irgendwie wiederzufinden. Dabei hatte er immer gedacht, er sei anpassungsfähig. Er stellte das Bein in die Tür, damit sie nicht zufiel. Im Treppenhaus war es wieder still. Als er die Holztreppe in den dritten Stock hinaufstieg, machte sich diese mit ihrem ganzen Alter bemerkbar. Es roch nach Bohnerwachs und Altbauwohnung. Bunte Einsätze in den Glasfenstern tauchten alles in ein behagliches Licht. Sven Nickels Wohnungstür stand einen Spalt weit offen. Der Kommissar klopfte vernehmlich und rief hinein:

„Hallo? Darf ich eintreten?"

Nichts regte sich.

„Ich komme jetzt in die Wohnung. Bitte nicht erschrecken!",

warnte er vor und schob die Tür vorsichtig nach innen. Etwas blockierte. Brucklacher steckte den Kopf durch den Türspalt und sah sich um. Was er entdeckte, machte ihm nicht gerade Freude. Er strich an der Wohnungstür entlang und erfühlte zwei Scharten, dort wo ein Hebel angesetzt worden war, um die schwere Holztür aufzustemmen. Als er sich in die Diele zwängte sah er die ganze Bescherung. Die ganze Wohnung glich einem Trümmerfeld. Von Sven Nickel keine Spur. Nach einem gewöhnlichen Einbruch sah das nicht aus. Die Einbrecher hatten wirklich alles umgedreht, was sich bewegen ließ. Der Rechner lag in seine Einzelkomponenten zerlegt auf dem Fußboden.

Eine Erkenntnis traf Brucklacher mit voller Wucht. Hoffentlich hatten die Kerle dem Jungen nichts angetan. Möglicherweise hatte er selber die Täter hierher geführt. Der Kommissar schlug mit der flachen Hand auf die Anrichte.

„Verdammte Scheiße!",
entfuhr es ihm. Dieser Kraftausdruck kam ihm bis zum Abend noch mehrmals über die Lippen.

KAPITEL 26

Brucklacher trat auf der Stelle. Er war mit der festen Absicht hierhergekommen, etwas über Algorithmen zu erfahren. Nun wartete er schon zwanzig Minuten im C-Bau der Morgenstelle vor dem Fachschaftszimmer auf seinen Gesprächspartner. Dozent Edelmayer hatte es offensichtlich nicht so mit der Pünktlichkeit. Als er endlich mit wehenden Fahnen eintraf, war es ihm peinlich. In einer Hand trug er eine steinalte Ledertasche und einen Mantel. In der anderen einen Pappbecher mit Deckel und eine Bäckertüte.

„Tschuldigung, habe noch nicht mal gefrühstückt. Was also verschafft mit die Ehre?"

Brucklacher bemühte sich, sein Anliegen zu formulieren. Als er fertig war, sagte der Dozent:

„Gehen wir doch am besten kurz da rein und setzen uns."

Brucklacher war erleichtert. Er hatte schon damit gerechnet, auf dem Gang abgefertigt zu werden. Nachdem er alles auf dem Tisch zurechtgelegt hatte, begann Edelmayer seinen

Vortrag. Brucklacher fühlte sich wie ein Erstsemestler.

„Als Wissenschaftler sind wir stets bemüht, unsere Theorien so raffiniert und zerbrechlich wie möglich zu gestalten. Wir richten die Dinge gerne so her, dass, wenn auch nur das Geringste passiert, alles auf einmal in sich zusammenstürzt."

Er machte eine kurze Pause und fuhr dann fort:

„Warum benutzen wir solche empfindlichen Strategien? Ganz einfach, wenn irgendetwas schiefgeht, sind wir die Ersten, die es bemerken."

Er lachte über den auswendig gelernten Witz.

Brucklacher sperrte ungläubig die Ohren auf. Edelmayer fuhr fort.

„Aber psychologisch gesehen ist das nicht besonders schlau. Sehen Sie, das fängt schon in der Schule an. Es ist nicht gut, dass wir unseren Lehrern erlauben, das mathematische Verständnis in unseren Kindern zu wackelig miteinander verbundenen Türmen auszubilden, anstatt darauf zu achten, ein solides, geflochtenes Netz zu bauen. Eine Kette kann an jedem einzelnen Glied zerbrechen, ein Turm kann an seiner schlankesten Stelle einstürzen. Und genau das passiert einem Kind während des Matheunterrichts, wenn es nur einen Moment aus dem Fenster sieht, um einen vörüber fliegenden Vogel zu betrachten."

Der Kommissar stellte eine Zwischenfrage:

„Aber was hat es mit diesen vielzitierten Algorithmen auf sich?"

„Das versuche ich Ihnen gerade zu erklären. Algorithmen beeinflussen unsere Lebensumstände erheblich. Sie sind doch ein Gesetzeshüter?"

Brucklacher nickte.

„Also hier ein kurzes Beispiel aus der Geschichte der Gesetze. Dieses ist circa 4000 Jahre alt: Wenn jemand einen Mann beschuldigt, so soll der Beklagte zum Fluss gehen und hineinspringen. Wenn er ertrinkt, soll all sein Besitz an den Kläger fallen. Entkommt er aber unverletzt, ist seine Unschuld bewiesen. In diesem Fall wird der Kläger zum Tod verurteilt und all sein Besitz fällt an den Beklagten."

Der Groschen fiel nicht gleich bei Brucklacher.

„Na, und?"

„So sieht ein astreiner Algorithmus aus! Er ist nichts anderes als eine Handlungsvorschrift in endlich vielen Schritten zur Lösung eines Problems. Algorithmen sind seit jeher ein Kerngebiet der Mathematik. Auch in der Informatik sind sie unverzichtbar. Und dort ist ja auch der Berührungspunkt zu ihrem Fall. Es geht um eine Programmierung, wenn ich Sie richtig verstanden habe?"

Brucklacher nickte abermals:

„Nun wird es komplizierter! Ein berühmter Mann hat einmal gesagt: Die Grenzen der Sprachen sind die Grenzen der Welt. Genau aus diesem Grund wurden die Programmiersprachen entwickelt. Und von denen gibt es einige und alle sind mit der Fassung eines Algorithmusbegriffs verbunden. Und da gibt es noch die vier Paradigmen ..."

Brucklacher unterbrach nur ungern:

„Das ist wirklich alles sehr aufschlussreich, und ich weiß

jetzt einiges mehr zu diesem Thema, aber leider rennt mir die Zeit davon. Es freut mich sehr, dass Sie sich von ihren Studenten loseisen konnten."

Er reichte dem Dozenten die Hand zum Abschied. Ihm rauchte der Schädel. Wieder einmal staunte er über die Vielzahl der Perspektiven, aber der Redefluss dieses Edelmayer war ihm doch etwas zu viel am Morgen. Der Mann mochte ein guter Mathematiker sein, aber seine Erklärungen waren ihm zu ausufernd. Eine Erkenntnis war ihm geblieben. Dieses unheilvolle Patent war in der Lage, Programmierungen mühelos zu kontrollieren. In den Händen von irren Hackern eine Waffe mit verheerenden Auswirkungen. Dass diese Leute nicht bei Sinnen waren, stand für Brucklacher außer Frage, sonst wäre längst ein Bekennerschreiben oder eine Forderung formuliert worden. Als er wieder im Freien war, entschloss er sich, einen Spaziergang zu machen.

KAPITEL 27

Nickel hatte Todesangst. In seine Wohnung traute er sich nicht mehr zurück. Wenn sie ihn finden würden, war es um ihn geschehen. Er hatte nichts mitgenommen und alles einfach liegen lassen, wie er es angetroffen hatte. Er verwünschte den Tag, als er diese dämliche Mail abgeschickt hatte. Was hatte ihn nur geritten, sich da mit reinzuhängen?

Alles hatte damit angefangen, dass er in der Bibliothek seines Onkels Herbert Patentschriften entdeckt hatte. Es war reine Neugier gewesen. Seinem Onkel Herbert ging in der Familie ein geradezu mythischer Ruf voraus. Ein berühmter Professor sei er, dabei unnahbar und verschlossen gegenüber der Verwandtschaft. Keiner wusste so recht Bescheid über seine Umtriebe, nachdem seine Frau verstorben war. Sven Nickel lernte seinen Onkel eigentlich erst richtig kennen, als er pflegebedürftig wurde. Er war bei den wenigen Besuchen mit seinen Eltern immer nur sehr distanziert gewesen, nicht die Sorte Onkel, die sich ein Zehnjähriger wünscht.

Sven war sehr überrascht gewesen, als Herbert Escher ihn eines Tages angerufen hatte. Das war Jahre später gewesen, er hatte gerade sein Designstudium an der Akademie in Stuttgart abgeschlossen. Er folgte der Einladung gerne und besuchte ihn in seiner Tübinger Stadtvilla. Daraufhin entwickelte sich eine regelrechte Freundschaft zwischen den beiden. Sein Onkel unterstützte ihn bei der Wohnungssuche. Seither logierte er zu äußerst günstigen Konditionen in der Stadt. Seinen Vermieter hatte er nie zu Gesicht bekommen. Ein Makler war sein Ansprechpartner und nahm auch die Monatsmieten entgegen. Insgeheim vermutete er schon lange, dass die Wohnung seinem Onkel gehörte. Aber eigentlich war es ihm einerlei. Er hatte eine Vorliebe für das Tübinger Szeneleben und genoss es in vollen Zügen. Immer wenn er mit Onkel Herbert zusammen war, profitierte er von dessen Wissen und überaus wachem Verstand. Escher schien richtig aufzuleben in Svens Gegenwart. Er ließ es sich nicht nehmen, seinen Neffen in die Szenelokale der Stadt zu begleiten. Dort waren die beiden bald ein gern gesehenes Gespann.

Ein Schlaganfall beendete jäh die Kneipentouren. Sven hielt dem alten Mann die Treue. Zuerst im Krankenhaus und dann bei der Reha. Sooft es ihm möglich war, besuchte er ihn und sorgte dafür, dass er wieder in seine Villa zurückkehren konnte. Anscheinend gab es außer ihm niemanden, der sich für den alten Mann verantwortlich fühlte. Eschers Sohn bekam er nicht einmal zu Gesicht.

Ein Geräusch erschreckte Nickel. Dicht neben der Straße raschelte es im Gebüsch. Sein Herz schlug ihm bis zum Hals. Hastig betätigte er den elektrischen Fensterheber. Mit einem heiseren Schaben setzte sich die Scheibe in Bewegung. Es blieb still draußen, offenbar war es nur ein Igel gewesen, der auf der Suche nach einem Winterschlafquartier dort umherraschelte. Er versuchte die Leselampe anzuschalten. Nur die im Fond funktionierte noch. Also zwängte er seinen Oberkörper zwischen den Vordersitzen hindurch und studierte den Computerausdruck. Er stellte verschiedene Positionsdaten grafisch dar. Nickel verglich den Ausdruck mit einer genauen Wanderkarte des schwäbischen Albvereins. Jetzt galt es, die richtigen Bezugspunkte zu ermitteln. Plötzlich erhellte sich sein Gesichtausdruck ein wenig. Tatsächlich, es funktionierte! Onkel Herberts iPhone hatte brav Standortdaten gespeichert und sendete jene fleißig auf den Server des Herstellers.

Er hatte sich Zugang zu diesen Daten verschafft und einen Ausdruck erstellt. So ergab sich ein Bild, wohin das Gerät aktuell bewegt wurde. Einziger Wermutstropfen war die Tatsache, dass nur Mobilfunkmasten und Hotspots in der Nähe des iPhones abgebildet wurden. Die Skizze hatte ihn in einer abenteuerlichen Suchfahrt über die Alb bis hierher geführt, zu dieser namenlosen Planstraße zwischen zwei Dörfern. Jetzt konnte er nur noch hoffen, dass es wirklich die Entführer waren, die das Mobiltelefon mitgenommen hatten. Vor der hell erleuchteten Mondscheibe sah Nickel am Horizont einen Funkmasten am Albrand stehen. Von diesem Bezugspunkt aus konnte die letzte Ortung erfolgt sein.

Mit klopfendem Herzen stieg er aus dem Wagen und schloss ab. Er hatte einen Beutel umgehängt, in dem sich auch ein großer LED-Strahler befand. Den hatte er immer im Auto liegen. Langsam gewöhnten sich seine Augen an die Dunkelheit. Alles schien friedlich. Von der nahen

Ortschaft glühte die Straßenbeleuchtung hinter einem Hügel orange herüber. Nickel zweifelte einen Moment an der Zuverlässigkeit der geklauten Daten. Hier war weit und breit kein Mensch zu sehen. Er begrub seine Zweifel, als er einen großen Gegenstand vor sich auf dem Weg entdeckte. Langsam näherte er sich der unförmigen Erhebung, die hier nicht hergehörte. Er ahnte bereits, was da lag, noch bevor er nach der Lampe in seiner Tasche fingerte. Es war nicht die Leiche eines Menschen, stellte er erleichtert fest. Ein Haufen Kuhdung war von einem Anhänger auf den Weg gefallen. Er musste so schnell wie möglich weg von hier. Panisch gab er dem Impuls nach und begann zu laufen, um in einem großen Bogen zu seinem Auto zurückkehren. Er beruhigte sich selber, indem er Kirchenlieder zu singen begann.

Der junge Mann gelangte an einen Bauzaun und musste sich festhalten. Langsam rutschte er zu Boden und legte die Handflächen auf sein Gesicht. Der Mond warf kaltes Licht über die friedliche Nachtlandschaft. Ein Geräusch ließ Sven Nickels Nackenhaare förmlich in die Höhe schießen. Es klang wie ein Winseln in seinem Rücken. Als er sich umdrehte und in die Dunkelheit lauschte, war es wieder ganz still, bis auf das Rauschen einer Windböe. Da war es wieder! Das Jammern kam aus der Scheune hinter dem Bauzaun. Sven war sich nicht schlüssig, was zu tun war. Eigentlich hatte er Angst und war zu feige, um nach dem Rechten zu sehen. Aber er spürte einen unwiderstehlichen Impuls, den Geräuschen nachzugehen. Er nahm allen Mut zusammen und drückte sich vorsichtig an dem Metallzaun vorbei. Die Tür des Gebäudes stand ein wenig offen. Sven lauschte, und dann war das Geräusch ganz nahe. Er griff nach seiner LED-Lampe. Als er in die Scheune leuchtete, tauchte ein alter Mercedes-Kastenwagen vor ihm auf.

Sven trat heran und hörte ein Röcheln, das ihm durch Mark und Bein ging.

KAPITEL 28

„Halt's Maul, sonst bist du tot!"
Der muskulöse Häftling war buchstäblich von Kopf bis Fuß tätowiert. Er mochte den neuen Mitbewohner nicht, soviel war klar. Arved stand unter Stress. Weshalb hatte man ihn ausgerechnet mit so einer Litfasssäule zusammengesteckt? War das der Dank für seine Hilfsbereitschaft? Das alles musste ein Missverständnis sein. Nie und nimmer würde er es zwei Jahre mit diesem Typen zusammen aushalten. Arved beschloss, einfach die Klappe zu halten. Schweigen konnte er recht gut. Durch den Umzug in den siebten Stock war er von allen Informationsquellen abgeschnitten. Nicht einmal eine aktuelle Tageszeitung hatte er lesen können. Inzwischen musste doch die ganze Welt in Unordnung geraten sein. Arved hatte seinen Cyberangriff minutiös geplant. Von dessen Keller aus hatte er den Server von Mesmann im dritten Stock über ein Datenkabel angezapft um sich

ungestört ans Werk machen zu können. Seine Freundin Luna hatte ihm einen Schlüssel verschafft. Auch ohne sein Zutun rollte nun eine Lawine von Aktionen über das Internet. Ohne Zweifel kontrollierten seine Datenschlüssel schon unzählige Server im weltweiten Datennetz. Keine Firewall und kein noch so raffiniertes Sicherungssystem hielt der Attacke stand.

Ganz besonders hart treffen würde es die Abrechnungssysteme der Cloud-Computing-Riesen. Arved verglich die Clouds gerne mit einem einfachen Rechner. Dieser hat Prozessoren, eine Festplatte, Arbeitsspeicher und Programme, mit denen er arbeitet. All diese Bestandteile fanden sich auch in einer Cloud wieder, nur in einem massiv großen Maßstab. Etwa genauso, wie ein Spielzeugauto im Vergleich zu einem Monstertruck wirkt. Wer dort an der richtigen Stelle eingriff, konnte gezielt riesige Datenmengen bewegen. Unvorstellbar, aber so real wie ein Baum, vor den man fahren kann, wenn man zu schnell fährt. Amazon, Google & Co. erlebten das Fegefeuer. Bereits in den ersten fünfzehn Stunden des Angriffs waren viele Milliarden an Geld nicht mehr dort, wo sie zuvor abgespeichert worden waren. Nichts schien den Angriff mehr stoppen zu können. Die Büchse der Pandora war geöffnet.

„Ich kann es nicht leiden, wenn du mich dauernd so anglotzt!",

beklagte sich der Kahlköpfige. Hier gab es kaum Privatsphäre und die Litfasssäule schien sich nicht damit abfinden zu wollen. Nummer Siebenhundertfünfzehn lag direkt am Beginn des Traktes mit insgesamt elf Zellen. Auf der zum Flur gelegenen Seite befand sich eine Stahltür.

Gleich daneben eine Nasszelle. An der gegenüberliegenden Außenwand gab es ein Fenster.

„Ich verstehe nicht, warum die dich zu mir in die Zelle stecken. Das gibt's doch einfach nicht!"

Kahlkopf redete sich langsam in Rage. Dann, urplötzlich, rastete er aus. Er sprang auf und trat mit voller Wucht gegen die Zellentür. Der Knall war so laut, dass Arved zusammenzuckte. Alles, was sich irgendwie von der Stelle bewegen ließ, flog jetzt gegen die Stahltür. Der Mann brüllte wie am Spieß und beschimpfte Gott und die Welt. Nicht lange, und ein Schließer im Gefolge von Wachpersonal marschierte vor der Zelle auf. Durch die geschlossene Tür versuchte man den Gefangenen zu beruhigen. Der trat indessen wie ein Brauereipferd gegen das Türblatt, dass es nur so schepperte. Solange er in diesem Zustand ist, werden sie auf keinen Fall öffnen, dachte Arved. Der Mann beklagte sich:

„Ich will hier raus, versteht ihr! Das könnt ihr nicht mit mir machen, mich mit so einem Irren zusammenzusperren. Ich renn mir den Schädel an der Wand ein, wenn nicht sofort etwas passiert!"

Der Schließer redete bestimmt, aber freundlich auf den Häftling ein. Sein Zellengenosse wurde ruhiger. Schließlich setzte er sich auf den Boden und legte sich mit dem Gesicht nach unten auf den Bauch. Dann verschränkte er die Hände auf dem Hinterkopf. Arved saß auf seinem Bett und beobachtete interessiert, was nun geschehen würde. Die Zellentür wurde entriegelt und der Häftling in Handschellen gelegt. Alles ging ganz routiniert und schnell. Im nächsten Augenblick führte man ihn ab. Störungen dieser Art mochte man nicht besonders. Arved wollte nicht darüber nachdenken, welche Sonderbehandlung im Keller auf Litfasssäule jetzt wartete, es war ihm auch egal.

Vor etwa dreißig Jahren hatte man einfach Sicherheitspolster an den Stahltüren angebracht, damit sich die Häftlinge nicht mehr miteinander über den Gang unterhalten konnten. Hier in einem der vielen Gänge hatte Andreas Baader eingesessen. Damals war Arved noch gar nicht geboren. Er hatte sich die Informationen zur RAF aus den Medien herausgepickt. Er glaubte, den Geist dieser Leute hier noch fühlen zu können. Draußen kam Bewegung auf. Die Zellentür wurde zum zweiten Mal an diesem Tag geöffnet.

„Hofgang!",
sagte der Schließer unbewegt.

„Oben auf dem Dachhof, Herr Krause!",
erklärte er dem Neuen.

KAPITEL 29

Brucklacher starrte auf sein Handy. Soeben hatte er eine Kurznachricht erhalten, die seinen Pulsschlag in die Höhe schnellen ließ.

„Steigen Sie in Ihren Wagen!",
stand auf dem Display zu lesen. Einfach nur diese Aufforderung, der Absender anonym mit unterdrückter Nummer. Er zögerte einen Moment. Dann folgte er seinem Bauchgefühl, obwohl er wusste, dass ihn ein Alleingang in ernsthafte Schwierigkeiten bringen konnte. Er verdrängte seine Bedenken und verließ sein Büro. Wenig später saß er am Steuer seines Dienstwagens. Wieder meldete sein Mobiltelefon den Eingang einer Kurznachricht.

„Richtung Reutlingen!",
lautete die Anweisung kurz und knapp. Er beschleunigte den Audi auf der Stadtautobahn und zog auf die linke Fahrbahn, um mehrere LKWs zu überholen. Die grünen Erhebungen der schwäbischen Alb reichten vom linken bis zum rechten Rand des Horizonts. Darüber leuchtend blauer Himmel.

Wieder meldete sich seine Erfahrung. Er war alleine dieses Risiko eingegangen. Keiner seiner Mitarbeiter wusste

Bescheid. Er hatte sich nicht einmal abgemeldet.

Es gab nur diese winzige Chance, in den Ermittlungen von der Stelle zu kommen. Das wusste er und rechtfertigte damit seine Fahrt ins Ungewisse. Mit Entsetzen dachte er an das Ende der Staatsanwältin Hofleitner. Wenn er es mit denselben Leuten zu tun hatte, war dieser Einsatz brandgefährlich. Aber wahrscheinlich würden die sich nicht die Mühe machen, ihn durch das halbe Ländle zu lotsen, um ihn anschließend auf offener Straße zu erschießen.

In der nächsten halben Stunde gingen noch mehrere Nachrichten bei ihm ein. Schließlich fuhr er über die Holzelfinger Steige bis auf die Albhochfläche. Dort bog er rechts in ein Wohngebiet. Dann folgte er dem Planweg außerhalb der Ortschaft. Hinter einem dicht bewachsenen Maisfeld, das nicht abgeerntet worden war, stellte er sein Fahrzeug wie befohlen ab und ließ den Schlüssel stecken. Vermutlich wurde jeder seiner Schritte längst beobachtet. Der Kommissar ging zielstrebig den geteerten Weg entlang bis zur zweiten Kreuzung. Wieder klingelte sein Mobiltelefon, aber dieses Mal war jemand am Apparat. Brucklacher erkannte die Stimme sofort. Es war Sven Nickel.

„Menschenskinder! Sie haben mir vielleicht Angst und Schrecken eingejagt! Ich dachte schon, Sie seien selber zum Opfer geworden!",

wetterte er erleichtert.

„Wo sind Sie genau?"

Er lauschte und reckte sich in die Höhe, um sich umzusehen.

„Ja, da ist ein Bauzaun und das Gebäude. Wie? Nein, ich

kann sonst niemanden entdecken."
Dann beschleunigte er seine Schritte.

„Ich lege jetzt auf und komme rüber zu Ihnen!"
Keine hundert Meter entfernt kam er zu einer weiteren Wegkreuzung und bog rechts ab. Jetzt stand er direkt vor dem verzinkten Bauzaun, der die Scheune umgab. Dazwischen Haufen von Sand und Kies. Insgesamt kein einladender Ort, aber als Versteck recht gut geeignet. Erst auf den zweiten Blick entdeckte der Kommissar die Einfahrt. Dort standen rotweißgestreifte Absperrbaken, die sich leicht beiseite räumen ließen. Dann entdeckte er das Scheunentor. Ein Spalt stand offen. Er verzichtete darauf, seine Dienstwaffe zu ziehen. Vorsichtig trat er in die Dunkelheit. Das Tageslicht drang nur ein, zwei Meter in den Raum. Der Estrich trug die Abnutzungsspuren vieler Jahre harter Arbeit.

Dann ging alles rasend schnell. Jemand umfasste seinen Hals von hinten und machte ihn so bewegungsunfähig. Brucklacher spürte den Einstich am Hals kaum. Als das Propofol durch die Kanüle gedrückt wurde, trat er sofort weg. Die Narkose wirkte unmittelbar. Er fiel in sich zusammen wie ein nasser Sack.

KAPITEL 30

Veronika wusste einfach nicht, wie sie sich in einer solchen Situation verhalten sollte. Es war schon aberwitzig. Über Jahrzehnte hinweg hatte sich bei ihr eine Illusion von wirtschaftlicher Unverwundbarkeit eingeschlichen. Ihr Gehalt als Lehrerin wurde stets mit jener Präzision überwiesen, die dem deutschen Staat weltweit viel Anerkennung eingebracht hatte. Jetzt gab es zum ersten Mal Schwierigkeiten. Die monatliche Überweisung war ausgeblieben. Zumindest, wenn man den Computerausdrucken ihrer Bank glauben schenkte, die turnusgemäß mit der Post verschickt wurden. Dort stand zu lesen, dass kein Geld eingegangen war. Noch glaubte sie an ein Versehen. Ihr finanzielles Netz war inzwischen so eng gestrickt, dass selbst ein kleiner Schnitt ausreichte, um es auf großer Länge platzen zu lassen.

Weshalb hatte sie sich nur darauf eingelassen, noch kurz vor ihrem sechzigsten Geburtstag die Wohnung für ihre Tochter mit einem Kredit zu finanzieren? Das Haus, in dem sie selbst wohnte, war ebenfalls bis zum heutigen Tag nur teilweise bezahlt und die Raten mussten beglichen werden. Selbst die Immobilie, die sie vor vielen Jahren zusammen mit ihrem ersten Mann erworben hatte, finanzierte sich über die Mieten, und das Haus war immer noch mit einer Hypothek belastet. Bald schon würde man sie in die Bank einbestellen und ihr unangenehme Fragen stellen. Alles würde damit enden, dass sich entweder die Zahlungsunfähigkeit ihres Arbeitgebers als großer Irrtum herausstellte, oder sie kein Dach mehr über dem Kopf besaß. Die Glaubwürdigkeit in die Tragfähigkeit des Systems hatte für die Lehrerin durch den Cyberangriff Schaden erlitten. Es war unmöglich vorauszusagen, was als Nächstes geschehen würde. Die Finanzmärkte waren eng mit den Entwicklungen im World Wide Web verbunden. Was würde geschehen, wenn der deutsche Staat tatsächlich durch Spekulanten in die Zahlungsunfähigkeit gerissen worden war? Veronika Baum dachte an eine Rede des verabschiedeten Schulleiters. Er hatte das Beamtendasein mit dem freien Fall von einem Hochhaus verglichen. Einer der Kollegen stellte beruhigend fest, man sei ja schließlich erst im sechsten Stock angekommen. Jetzt schien genau dieser Galgenhumor die Wirklichkeit eingeholt zu haben. Was sich seit Jahrzehnten vor ihren Augen in der freien Wirtschaft abgespielt hatte, traf sie nun mit voller Wucht. Es gab keinen Rückzug mehr unter die Fittiche eines Staates, der es schon wieder richten würde. Jeder war wieder für das verantwortlich, was er unterschrieben hatte. Am meisten fürchtete sich Veronika Baum vor der Häme ihrer Mitbürger, die ihr die elf Wochen unterrichtsfreie Zeit im Jahr bei vollen Bezügen sowieso nie gegönnt hatten. Als an diesem Morgen ihr Handy klingelte, ahnte sie nicht, was noch auf sie zukommen würde.

KAPITEL 31

Kommissar Brucklacher sah überhaupt nichts mehr. Immerhin spürte er wieder, dass er einen Körper besaß. Was ihn ganz furchtbar störte, war der Geruch von Erbrochenem direkt vor seiner Nase. Wohin er den Kopf auch drehte, er konnte dem Gestank einfach nicht ausweichen. Vermutlich waren es seine eigenen Magensäfte die ihm in die Nase fuhren. Einfach ausharren, loslassen, und schon wieder fiel er in ein tiefes schwarzes Loch. Dann die Empfindung, dass jemand an ihm herumnestelte, nach seinem Namen fragte. Ein Lappen fuhr ihm derb durchs Gesicht. Endlich wurde es wieder hell, aber da waren keine Konturen, nur Schatten und Licht – viel Licht. Das nächste, was ihm ins Bewusstsein drang, war die Brandung eines Meeres in der Ferne.

Er erwachte, an einen Betonpfeiler gelehnt, im Sitzen. Ihm war so unendlich übel, dass er würgen musste. Aber da war nichts mehr in seinem Magen. Nur noch ein fremder Geruch, der gar nicht zu ihm gehören wollte. Die Brandung entpuppte sich als der Lärm einer Schnellstraße. Über ihm wölbte sich eine Brücke. Brucklacher versuchte sich zu erinnern. Unvermittelt schoss ihm ein stechender Schmerz vom Kopf bis in die Magengegend. Die Autos donnerten in einer endlosen Welle in der Höhe über eine unebene Brückenschwelle aus Metall. Das verursachte auf dem Belag einen dumpfen Knall bei jeder Überfahrt, der sich in seinem Kopf überschlug. Die Lichtkegel der Scheinwerfer fingerten durch das Brückengeländer hinaus in den Nachthimmel.

Dem Kommissar war so elend zumute, wie er es noch selten erlebt hatte. Langsam erkannte er auf der rechten Seite die Umrisse von Bäumen in seiner Nähe. Neben den Betonpfeilern wuchsen Buchen und Fichten in die Höhe. War er etwa von der Brücke gestoßen worden? Brucklacher verwarf den Gedanken sofort wieder. Das hätte er nicht überlebt. Seine Orientierungsfähigkeit nahm wieder zu. Unterhalb von ihm befand sich eine Böschung. Auf der Talsohle beleuchtete der Mond einen Waldweg. Dort musste er hinunter. Als er sich erheben wollte, gaben seine Füße in den Knien nach und er stürzte nach vorne auf die Handflächen. Als er sich in dieser Position umdrehte, entdeckte er eine Versorgungstür. Dahinter führte vermutlich eine Wartungstreppe nach oben. So hatte man ihn hierher gebracht. Es war unwahrscheinlich, dass ihn jemand die Böschung heraufgeschleift hatte. Die Metalltür besaß keinen Griff nach außen und war ins Schloss gefallen. Nichts rührte sich, als Brucklacher an ihr rüttelte.

„Also gut, dann muss ich eben da runter",
sprach er sich selber Mut zu. Auf allen Vieren mit dem Gesicht zum Hang hin, wagte er sich in die Böschung. Ganz langsam stieg er ab. Kriechende Brombeerhecken krallten sich sogleich in seine Kleidung und leisteten Widerstand. Feinste Stacheln bohrten sich schmerzhaft in seine Hände und verursachten blutende Kratzer. Das war das kleinere

Übel. Brucklacher hatte nicht vor, sich hier das Genick zu brechen. Er schob die Ärmel seiner Jacke vor bis über die Hände. So hatte er ein wenig Schutz, musste aber achtgeben, dass ihm die Pflanzenbüschel nicht entglitten. Meter um Meter glitt er nach unten. Schließlich hatte er es geschafft und stand völlig erschöpft auf einem geschotterten Weg, der unter der Brücke hindurch aus dem Tal führte. Wie er wohl jetzt aussah? Seit seiner Grundausbildung bei der Bundeswehr in den Sechzigern war er nicht mehr so viel auf dem Bauch gerobbt. Der Waldweg verlor sich in völliger Dunkelheit. Ihm blieb keine Wahl. Die Nacht war recht kühl und in seinem Zustand bedeutete das Gefahr. Eine Lungenentzündung wollte er in keinem Fall riskieren. Er brauchte schnellstmöglich Hilfe. Und damit war er beim nächsten Problem. Selbst wenn er auf eine befahrene Straße stoßen würde, war ihm noch nicht geholfen. Kommissar Brucklacher wusste, wie schnell Hilfsbedürftigkeit zur Todesfalle werden konnte.
Unterlassene Hilfeleistung war ein Delikt, das allgemein auf die leichte Schulter genommen wurde. Oft war es eine Mischung aus Unwissenheit und Angst, die Menschen dazu trieb, einfach wegzusehen. Deshalb verfolgte er eine andere Strategie. Brucklacher fand einen stabilen Ast, auf den er sich wie auf eine Krücke stützen konnte. Nach einer halben Stunde erreichte er endlich einen geteerten Fahrweg, welcher in einer scharfen Linkswendung in eine Bundesstraße mündete. Inzwischen war er körperlich so am Ende, dass er sich alle zwanzig Meter auf den Boden setzen musste. Endlich tauchte der Lichtkegel eines Fahrzeugs auf. Brucklacher zog sich hoch und humpelte mit seinem Ast auf

die andere Straßenseite. Der Wagen setzte den Blinker und bog in der Ferne nach links ab:

„Ich fasse es nicht",

schrie er hysterisch.

„Sonst blinkt ihr Idioten doch auch nicht vor dem Abbiegen! Und so was auch noch mitten in der Nacht!"

Brucklacher war dem Heulen nahe. Er spürte, dass ihn die Kräfte verließen und er nicht mehr lange Herr der Lage sein würde. Ein weiteres Fahrzeug näherte sich mit großer Geschwindigkeit. Die Arzthelferin saß mit zwei ihrer Freundinnen in ihrem Wagen. Der dunkelblaue VW Beetle war schon immer ihr Traumauto gewesen. Nach einem ausgiebigen Bad in der Szene von Tübingen wählte sie meistens diesen Nachhauseweg. Als sie im Scheinwerferlicht einen Mann auf der Straße wanken sah, rief sie aus:

„Ach du Scheiße, was will denn der da!"

Sofort war sie auf der Bremse. Der Mensch machte keine Anstalten, die Straße zu räumen. Stattdessen rannte er die letzten zwanzig Meter los und erhob seinen Stock oder so etwas Ähnliches. Mit einem fürchterlichen Knall krachte der Ast auf die Motorhaube und hinterließ eine tiefe Delle. Die drei Mädchen kreischten auf. Der Mann wankte noch einen Meter vorwärts und fiel dann zu Boden.

KAPITEL 32

Brucklacher nippte an seinem Kaffee. Die Tageszeitung lag ausgebreitet auf dem Schreibtisch zwischen den Resten des Frühstücks. Obwohl schon einige Zeit ins Land gegangen war, verging kein Tag, an dem er nicht an den Fall Escher erinnert wurde. Den Fernseher zuhause schaltete er schon gar nicht mehr ein. Inzwischen lief wieder alles rund im öffentlichen Leben. „Das Ende von Null und Eins" titelte die Presse den datentechnischen Supergau, der die Welt in Atem gehalten hatte. Genau so abrupt, wie die Krise eingesetzt hatte, war der ganze Spuk auch wieder vorüber. Die Fachleute hatten alle möglichen Erklärungsversuche unternommen, um Licht in die Sache zu bringen. Zurück blieb ein mulmiges Gefühl der Unsicherheit. Die Gegner der digitalen Allmacht forderten lautstark die „Entnetzung" und Rückkehr zu analogen Werkzeugen. Eine ganze Armee von Computerspezialisten hatte es nicht geschafft, den Auslöser für das Datenchaos zurückzuverfolgen. Nach ihrer Einschätzung war ein ähnlicher Angriff jederzeit wieder möglich. Sie wurden nicht müde, darauf hinzuweisen. Aber der Datengau ging den Weg jeder Schreckensbotschaft.

Wenn nur laufend darüber berichtet wurde, erreichte man schließlich das kollektive Vergessen und Verdrängen. So waren die Medien mit allen Kriegen, Katastrophen und Krisen verfahren. Brucklacher steckte den harten Teil einer Laugenbrezel in seinen heißen Kaffee. Unwillkürlich dachte er an Sven Nickel und seine Vorliebe für exquisiten Espresso. Dagegen war das, was hier in der Tasse schwappte ein Verbrechen am guten Geschmack.

„Chef, Sie sollen kurz zum Dienststellenleiter kommen, er möchte Sie dringend sprechen."

Frau Nägele hatte sich hübsch gemacht und verbreitete Wohlgeruch an Brucklachers Arbeitsplatz. Brucklacher sah über den Rand seiner Lesebrille und schnauzte.

„Eigentlich habe ich jetzt Pause! Was will der denn von mir?"

Die Sekretärin hatte sich schon wieder zurückgezogen. Unwillig setzte Brucklacher die Brille ab und erhob sich von seinem Drehstuhl. Als er nach seiner Jacke griff, überlegte er kurz und ließ sie dann einfach am Stuhl hängen. Er würde einfach hemdsärmelig bei seinem Vorgesetzten antreten. Sollte der doch davon halten, was er wollte. Als er durch die Tür auf den Gang hinaustrat, erwartete ihn eine Überraschung. Der ganze Gang stand voller Kollegen, die auf sein Erscheinen hin die Sektgläser erhoben:

„Zum Wohl! Auf Ihr Jubiläum!"

Der Dienststellenleiter trat vor und ergriff das Wort:

„Lieber Herr Brucklacher! Für uns alle kommt der Tag, an dem wir Papier und Stift niederlegen und uns erfreulicheren Dingen widmen, als Straftaten zu verfolgen. Manche von uns trifft es im Laufe ihres Berufslebens

härter als andere. In Ihrem Fall sind wir uns einig ..."
Er sah Zustimmung erheischend in die Runde.

„... dass Sie sich ganz besondere Verdienste in dreißig Jahren Ermittlungstätigkeit erworben haben. Was ich damit sagen will, Herr Brucklacher, wir sind stolz auf Sie!"

Die Rede endete kurz und knackig mit einem Prost auf den Jubilar. Frau Nägele nahm den gut gelaunten Dienststellenleiter beim Arm und flüstere ihm aufgeregt ins Ohr.
Der erhob wieder seine Stimme und erklärte:

„Mir wird soeben mitgeteilt, dass noch eine kleine Aufmerksamkeit aus dem Kreis der Kollegen vorbereitet worden ist. Und, lieber Brucklacher, dieses Kuvert darf ich Ihnen im Namen des Innenministers überreichen."

Brucklacher nahm den Umschlag entgegen und steckte ihn reflexartig dahin, wo er seine Innentasche vermutete.
Aber er war ja hemdsärmelig, so behielt er das Kuvert unsicher in der Hand. Eine Tür am gegenüberliegenden Ende des Korridors wurde geöffnet und die Kollegen bildeten eine Gasse. Frau Nägele schob einen Wagen mit einem Kasten vor sich her, über den ein buntes Tuch ausgebreitet war. Sie kam vor dem Kommissar zum Stehen und sah ihn erwartungsvoll an. Plötzlich waren wieder alle Augen auf ihn gerichtet. Jetzt galt es, das Geschenk zu enthüllen. Brucklacher tat ihnen den Gefallen. Zum Vorschein kam ein vergitterter Holzkäfig, und in der Ecke kauerte ein haariges Etwas. Die Sekretärin war dermaßen erfreut über die gelungene Überraschung, dass sie beinahe in die Hände klatschte.

„Das ist Hansi, ein echter deutscher Riesenschecke mit Auszeichnung!"

Jetzt kam jede Hilfe zu spät. Brucklacher machte gute Miene zum bösen Spiel und nahm das Jubiläumsgeschenk entgegen. Nachdem der Sekt getrunken und die Häppchen gegessen waren, fand er sich allein in seinem Büro wieder. Fassungslos saß er vor dem Hasenstall und starrte hinein.

Er dachte an zuhause. Seitdem Jutta ausgezogen war, hatte sich manches verändert in seinem Reihenhäuschen in Orschel-Hagen. Dabei war sie es gewesen, die ihn von Tübingen in den Vorort von Reutlingen gezogen hatte. Zuerst verschwanden der ganze Nippes und die Seidenblumen aller Art. Ein gebrochenes Herz hatte sie ihm großzügig hinterlassen. Die Kaffeemaschine hingegen hatte sie mitgenommen.

Brucklacher vermied es zur Zeit, über sein Leben nachzudenken. Erfreuliches gab es da sowieso nicht zu berichten. Mit sanfter Gewalt an den Vorruhestand erinnert, Freundin ausgezogen, keine Perspektive. Was am meisten wog, war das Gefühl versagt zu haben. Es war ihm bis jetzt nicht gelungen, die Entführung Eschers und seines Neffen aufzuklären. Dabei spürte er mit jeder Faser, dass der Tod von Corinna Hofleitner mit dem Verschwinden der beiden zu tun hatte. Die Leichenteile in Eschers Privatwohnung waren einfach kuriose Sammlerstücke gewesen, aufgelesen und vermutlich teuer unter der Hand verkauft von Friedhofsangestellten. Die Sammlerleidenschaft des alten Professors entzog sich zwar allgemeinen Vorstellungen von sinnvoller Freizeitbeschäftigung im Alter. Jedoch die Untersuchungsergebnisse bewiesen eindeutig, dass alle Leichenteile von natürlich verstorbenen Personen stammten. Durch die Aufbewahrung in der Kühltruhe wollte Escher wohl eine Konservierung gewährleisten. Dass dieses Unterfangen misslang, hing mit der altersbedingten Verschlechterung seines Gesundheitszustandes und seinem abrupten Verschwinden zusammen.

Hansi sah ihn an und mümmelte mit seiner weichen Schnauze. Was für ein Wink mit dem Zaunpfahl! Offenbar wollte man seine Person im Ruhestand bei der Hasenzucht sehen. Ohne zu zögern, setzte er sich an seine alte Schreibmaschine und formulierte ein Urlaubsgesuch auf unbestimmte Zeit. Nach allem, was vorgefallen war, stand seinem Antrag sicher nichts im Wege. Eigentlich hätte Brucklacher sogar problemlos in den Vorruhestand treten können, aber er wollte es dieser neuen Generation von Beamten noch einmal zeigen. Ob es ihm gelingen würde, wusste er zu diesem Zeitpunkt noch nicht. Er fühlte sich durch diesen ganzen Datenhickhack bestätigt. Es reichte einfach nicht, vom Schreibtisch aus mit der Computertastatur einen Fall lösen zu wollen. Das war seine tiefe Überzeugung, und nichts konnte das Gespräch von Mensch zu Mensch ersetzen. Jetzt, nach dreißig Jahren Berufstätigkeit, leistete er sich eine radikale Abwendung von E-Mail und Internet. Sein jahrelanges Unbehagen gegenüber diesen Medien hatte sich als begründet herausgestellt. Es war eben nicht nur die Angst vor neuen Möglichkeiten, sondern auch eine gesunde Skepsis gegenüber der Technikgläubigkeit seiner Zeitgenossen. Er hatte in jungen Jahren noch das Handwerk eines Ermittlers gelernt. Darauf konnte er nun zurückgreifen. Er würgte den Rest seiner Brezel hinunter und erhob sich. Im Vorübergehen griff er nach seinem Wagenschlüssel und zog seine Jacke über die Schultern. Seine Hand glitt in die Innentasche und suchte nach den Fahrzeugpapieren. Der Umschlag vom Innenministerium steckte immer noch ungeöffnet dort. Erwartungsgemäß enthielt er Glückwünsche und den Hinweis auf eine Jubiläumszuwendung.

Draußen war es neblig und ungemütlich geworden. Brucklacher zog den Kragen hoch und grüßte eine ältere Dame, die ihm auf dem Weg zu seinem Parkplatz begegnete. An einer Straßenlaterne war ein Plakat befestigt, das zum Konzert eines Gospelchores im Gemeindezentrum einlud. Durch die Nebelsuppe drang der unterschwellige Lärm der Stadt, sonst hätte genauso das Meer hinter den monotonen Häuserreihen liegen können. Brucklacher fragte sich, weshalb ihm das gerade jetzt einfiel. Wann war er zum letzten Mal am Meer gewesen?

Auf dem Zubringer zur Stadtautobahn staute sich der Verkehr wie gewöhnlich. Er kannte das schon, regte sich aber jedes Mal darüber auf, weshalb die Auffahrt so kurz angelegt worden war. Als Autofahrer kam man sich vor wie beim Massenabsprung mit einem Fallschirm. Wenn man nicht genug Gas gab, um einzufädeln, wurde es regelmäßig eng und der Hintermann drängelte einen beinahe von der Straße. Er war froh, als er die Rennbahn wieder an der Ausfahrt nach Wankheim verlassen konnte. Mit angemessenem Tempo zuckelte sein alter 230 GE an den stationären Messanlagen vorbei, die den Besucher in den kleinen Ortschaften willkommen hießen. Zielstrebig hielt er auf eines der zahllosen Industriegebiete entlang der Schwäbischen Alb zu und suchte ohne Navi und Straßenkarte nach einem bestimmten Gebäude mit Flachdach am

Ortsrand, das er noch aus der Erinnerung kannte.

KAPITEL 33

„Ich werd verrückt!"
Die beiden Männer lagen sich in den Armen. Brucklacher stand im Büro eines alten Freundes. Man hatte sich wohl seit fast fünfzehn Jahren nicht mehr gesehen. Trotzdem war alles so vertraut. Seine Frau wartete im Türrahmen und freute sich über das unverhoffte Wiedersehen.
„Meinen Sohn erkennst du ja hoffentlich noch?"
Dieter Harting deutete auf einen Schreibtisch neben der Eingangstür. Dort saß ein gut gebauter Zwanzigjähriger und lächelte hinter seinem iMac zu dem Besucher herüber.
Brucklacher kniff die Augen zusammen.
„Der kleine Ben! Ist das zu fassen. Am Gesicht habe ich dich erkannt, aber beim letzten Mal hast du gerade so über die Lehne vom Sofa schauen können."
Er ging zu ihm hinüber und begrüßte ihn mit Handschlag. Dann ließ er seinen Blick über die Wände des Büros gleiten. Alles war noch beim Alten geblieben. Eine gezeichnete Karikatur des Chefs prangte über dem Büroschrank. Und so sah er heute noch aus. Eben ein Charakterkopf mit Locken,

Brille und einnehmendem Lachen. So kannte er den Inhaber einer kleinen Werbeagentur.

„Du hast dich wenig verändert, mein Alter!",
scherzte Harting und setzte sich in seinem Drehstuhl nach vorne.

„Magst du was trinken? Cognac, Wasser, Kaffee?"
Brucklacher nahm ein Mineralwasser, Harting, wie jeden Tag, einen großen Cognac.

„Erzähl mal, was treibt dich hierher?",
fragte Harting höflich. Anstatt die Antwort abzuwarten, begann er seine eigene Geschichte zu erzählen.

„Wie du siehst, ist hier vieles beim Alten geblieben. Statt der Offset-Druckmaschine steht jetzt ein Digitaldrucker da hinten in der Ecke. Der macht alles in einem Bruchteil der Zeit, die wir noch vor wenigen Jahren hier benötigt haben, um unsere Aufträge abzuwickeln. Obendrein beschneidet und falzt die Höllenmaschine auch noch alles auf Wunsch."

Er senkte kurz die Stimme.

„Das hat bis vor drei Jahren noch mein Bruder gemacht, aber der ist inzwischen leider gestorben."

Brucklacher schluckte betroffen.

„Das tut mir leid."

Harting erklärte.

„Es hat uns hier auch ganz schön umgehauen. Aber Fredy war einfach ein unvernünftiger Mensch. Hätte blutverdünnende Medikamente einnehmen sollen, aber hat es einfach nicht gemacht."

Er setzte seinen Cognacschwenker an die Lippen und nahm einen kräftigen Schluck.

„Und ich genehmige mir weiterhin täglich ein Fläschchen und rauche meine Rillos."

Damit zog er eine dunkle Tabakrolle aus der bereitliegenden Schachtel und steckte sie sich an. So kannte Brucklacher den Lebemann mit der unverwüstlich scheinenden Kondition.

„Komm mit! Ich zeig dir meinen Laden. Es hat sich doch so einiges verändert, seit du das letzte Mal hier warst."

Sie verließen zusammen das Büro und gingen durch eine Tür. Dort saß eine Frau mittleren Alters am Empfang und erledigte Schreibarbeiten.

„Das ist meine gute Seele. Ohne die wäre ich erledigt."

Brucklacher grüßte freundlich. Ein Lächeln kam zurück. Dann betraten sie das Atelier. Ein tiefes Brummen veranlasste den Besucher, sofort stehenzubleiben.

„Ben, mach bitte mal den Hund fest!",

rief Harting seinem Sohn zu.

„Ich denke manchmal nicht dran, aber Nero nimmt seinen Job gegenüber Leuten, die er noch nicht kennt, ziemlich ernst!"

Brucklacher sah nur eine ziemlich große Mischung aus Chow Chow und Schäferhund. Sein Knurren klang wie ein herannahendes Gewitter. Ohne Zwischenfall wurde er unter dem Schreibtisch angeleint. Ein großer Schneideplotter verrichtete nebenan geräuschvoll seinen Dienst und fertigte eine Fahrzeugbeschriftung. Mehrere iMacs mit großen Bildschirmen arbeiteten selbständig, aber keine Angestellten waren zu sehen. Harting hatte wohl den fragenden Gesichtsausdruck seines alten Freundes richtig gedeutet.

„Das haben wir alles automatisiert. Wir sind eben ein reiner Familienbetrieb, von der Sekretärin mal abgesehen.

Dagmar macht die Grafik, ich bin Geschäftsführer."
Brucklacher betrat ein Nebenzimmer. Dort stand die Digitaldruckmaschine. Unmittelbar daneben, in einem kleinen Abstellraum, eine Waffensammlung wie in einem Armeedepot. Zahlreiche Gewehre ruhten in Ständern. Eine Unmenge von Handfeuerwaffen hing an den Wänden.

„Das Waffengeschäft habe ich meinem Sohn überlassen. Ich fungiere nur noch als Berater. Inzwischen ist das unser zweites Standbein."

Brucklacher pfiff leise durch die Zähne und sah sich in dem kleinen Raum um. Harting erklärte gelassen:

„Das geht hier beinahe jede Woche rein und raus. Du machst dir keinen Begriff, wie viele Leute hier anrufen und ihre Waffen loswerden wollen. Entweder waren sie selbst Jäger und lösen ihre Sammlung auf, bevor es auf die letzte Reise geht, oder es sind Angehörige, die ihren Nachlass regeln. Waffenbesitz ist in Deutschland so streng geregelt, dass alle Angst bekommen, wenn sie noch ein altes Jagdgewehr zuhause wissen. Am schlimmsten sind die Unmengen von Munition, die mit angeliefert werden. Wir sind schon dazu übergegangen, Events in der hiesigen Schießbahn zu veranstalten. Dazu laden wir interessierte Juristen, Ärzte und andere ein, die ausprobieren wollen, wie es sich anfühlt, eine Waffe abzufeuern. Und die kommen tatsächlich!"

Harting nahm ein altes Sturmgewehr aus dem Ständer:

„So etwas landet auch ab und zu bei uns."

Dann deutete er auf eine kleine Gravur am Schaft.

„Die hier verkaufen wir allesamt nach Italien. Hauptsache, ein Hakenkreuz ist drauf. Der Rest wird professionell fotografiert und über das Internet abgesetzt."

Brucklacher war ganz ruhig, da er wusste dass diese Hinterlassenschaften bei Dieter Harting in den besten Händen waren. Er kannte kaum einen besseren Experten für Schusswaffen als diesen Mann.

„Ab und zu bekommen wir sogar Waffen zum Kauf vom BKA angeboten. Du machst dir kein Bild! Da kommt tatsächlich eine Tüte an mit einer blutverschmierten Pistole. Du weißt ganz genau, dass sich jemand damit das Licht ausgeblasen hat. Wenn keine Straftat vorliegt, gibt es auch keine Aufbewahrungspflicht für die Behörde. So landet das gute Stück wieder auf dem Markt."

Brucklacher war fassungslos.

KAPITEL 34

Arveds Welt war am Zusammenbrechen. Inzwischen betete er sechs mal am Tag. Was die Muslime konnten, war auch seinem Gott wohlgefällig. Er quälte sich selbst mit dem Gedanken, dass alles umsonst gewesen war. Die Berichte in den Medien wurden immer spärlicher. Was noch vor wenigen Monaten wie ein einziger Triumph ausgesehen hatte, verebbte langsam im Sand. Er ließ sich von seiner Liege auf den Zellenboden rollen und machte so lange Liegestützen, bis ihm die Arme zu zittern begannen. Dann schob er noch zehn weitere nach, bis er mit dem Oberkörper auf den harten Boden krachte. Keuchend fühlte er den Schmerz. Irgendwo musste die Lösung für sein Versagen liegen. Er fühlte sich schwach, hatte sich zu lange gehen lassen. Der Tag der Vergeltung war in eine unbestimmte Ferne gerückt. Auch nach dem Absitzen seiner U-Haft würde es lange Zeit in Anspruch nehmen, das Werk zu vollenden.

Heute morgen hatte er Post von der Strafvollstreckungskammer des Landgerichtes erhalten. Seine Entlassung stand bevor, aber man hatte ihn als Wiederholungstäter unter Führungsaufsicht gestellt. Für insgesamt fünf Jahre war er einem Bewährungshelfer anvertraut.

Arveds Gesichtsausdruck hatte durch die Haft noch mehr an Inhalt verloren. Jeder Tag in der Zelle zehrte an seinem Inneren. Dennoch bemühte er sich ständig, an Informationen heranzukommen. Das bedeutete hier für ihn Wasser in der Wüste. Nicht die alltäglichen Nachrichten, mit denen man das Volk abfütterte. Das war der Nasenring für das Nutzvieh in seinen Augen. Nein, es galt Gedanken zu sammeln, mit denen man direkt Einfluss nehmen konnte auf das Geschehen. Das war die beste Therapie hier drin, um nicht verrückt zu werden.

Er arbeitete sich gedanklich durch den Schmutz, der hier tagtäglich an ihm vorbeischwamm. Da war der Typ aus dem zweiten Stock, der einem schlafenden Mithäftling einen Teelöffel ins Auge gerammt hatte. Angeblich hätte ihn der Teufel daraus angeblickt. Oder die armen Kerle, die ständig ihre Toilette auf der Zelle mit Klopapier verstopften, weil sie die Stimmen aus der Schüssel nicht mehr ertragen konnten. Alles schwache Geister, befand Arved, gebrochen von Drogen und Angst. Er fürchtete höchstens, sich während der Haft durch irgendein Ereignis mit Hepatitis angesteckt zu haben. Das war eine reale Gefahr. Jeder dritte Mann hier drin war suchtkrank und trug mit großer Wahrscheinlichkeit das Virus mit sich herum. Offiziell war es den Gefangenen nicht erlaubt, Sex zu haben, deshalb gab es auch keine Kondome hinter Gittern. Und dieselben Kerle arbeiteten womöglich in der Anstaltsküche. Das war eine ständige Bedrohung, der sich Arved ausgesetzt fühlte.

Seitdem bekannt geworden war, dass der alte Gefängnisbau schon bald abgerissen werden sollte, war alles noch viel schlimmer geworden. Auch bei dieser Entscheidung waren die Stammheimer Bürger nicht gefragt worden. Nicht die draußen und nicht die drinnen. Schon damals nicht, als 1963 das Gefängnis erbaut worden war, und schon gar nicht, als die RAF-Häftlinge kamen.

„Meinhof, Ensslin, Baader – das ist unser Kaader",
rief Arved in die leere Gefängniszelle. Dann lachte er irre. Dieser Kampfruf mache vor allem die Vollzugsbeamten hier glücklich dachte er. Die bildeten sich doch tatsächlich ein, die Häftlinge säßen voller Stolz hier in Stammheim ein, ganz in der Nähe der alten Meister. Was für armselige Geister! Sie trugen das Andenken an diese Leute vor sich her wie einen Fetisch. Getrocknete Köpfe der Besiegten auf Stangen. In Wirklichkeit schissen sie doch auf sämtliche Insassen.

Arved spürte wieder Leben in sich aufkeimen, als der Hass seinen Geist überschwemmte. Er dachte an das Verhalten der Beamten auf den Gängen. Wenn mehrmals in der Nacht rein zufällig an jede Zellentür ein Schlüsselbund geschlagen wurde und die Stahltüren am Anfang und Ende des Korridors besonders heftig ins Schloss flogen. Sie alle trugen den Keim des Terrors in sich. Jener Terror, den sie glaubten hier ausgemerzt zu haben. Auch mit ihnen würde er noch abrechnen.

KAPITEL 35

„Nun erzähl du mal. Wie ist es Dir ergangen? Raus mit der Sprache!"

Harting sog an seinem Rillo und paffte kleine Wolken von Tabakqualm in sein Büro. Die Tapeten waren typische Raufaserprodukte der siebziger Jahre. Eben nicht weiß, sondern wie die gelblich geteerten Fingerkuppen der Kettenraucher aus jener Zeit. Brucklacher hüstelte, der Dunst reizte seine Atemwege. Dann begann er zu reden. Es lief einfach aus ihm heraus. Dazu war keine psychologische Betreuung nötig gewesen, sondern nur die Gegenwart eines Freundes. Er beschrieb detailliert die Vorkommnisse der letzten Jahre. Als Brucklacher den Tod von Corinna Hofleitner nochmals Revue passieren ließ, bekam er feuchte Augen. Das Trauma war immer noch nicht überwunden, aber es tat gut, darüber zu reden. Dann leitete er zu der Entführungssache über und wie er schließlich aus dem Fall hinausgedrängt worden war. Außerdem war er sich sicher, dass er observiert wurde, vermutlich von Leuten, die darauf hofften, dass er sie früher oder später zu Escher führen würde.

Dieter Harting war ein geduldiger Zuhörer. Er unterbrach selten und stellte nur Fragen, wenn er einen Zusammenhang nicht verstanden hatte.

„Wie die dich behandeln, macht mich wütend. Es geht an mich ran, weil keiner da war, um dir unter die Arme zu greifen. Wenn ich es richtig verstanden habe, willst du diese Entführungssache unbedingt aufklären, koste es, was es wolle?"

Brucklacher nickte bleich und schweigsam.

„Also gut! Ich sage dir jetzt was. Mit mir kannst du rechnen. Wenn du willst, sage ich all meine Termine auf unbestimmte Zeit ab. Das laufende Geschäft kriegen mein Sohn und meine Frau auch ohne mich hin."

Brucklacher lächelte mit den Augen. Es tat unendlich gut, Freundschaft zu erleben.

„Wir brauchen so was wie einen Führungsstab. Irgendeinen Ort, an dem alles zusammenläuft."

Harting war schon damit beschäftigt, eine Kommandozentrale einzurichten. Brucklacher erklärte:

„Ist alles schon geschehen. Wenn du dazustoßen willst, da gibt es noch ein paar Leute, die mitmachen."

Harting riss die Augen auf.

„Das macht ja langsam richtig Freude! Ich denke, wir können jeden brauchen, der keine zwei linken Hände hat."

Brucklacher wendete ein:

„Nicht alle haben so viel Einblick erhalten wie du, Dieter. Ich habe nur Informationen weitergegeben, die mir unbedingt nötig schienen."

Harting lachte jetzt frei heraus. Er trug zwei blitzende

Reihen von Zahnimplantaten im Mund, deren Hälse inzwischen frei standen.

„Wieder ganz der Einsatzleiter! Wissen die eigentlich, was sie an dir haben?"

Brucklacher erwiderte:

„Das spielt jetzt keine Rolle mehr."

Die beiden Männer schwiegen für einen kurzen Moment, dann fuhr Brucklacher fort:

„Ich kenne einen pensionierten Staatsanwalt, der denkt wie wir. Er hat schon angedeutet, dass er sich hinter unsere Aktivitäten stellt. Vorausgesetzt, wir halten uns an geltendes Recht."

Dieter Harting zog eine Halbautomatik Heckler & Koch P2000 aus einer Schublade und legte sie vor Brucklacher auf den Schreibtisch.

„Ich gehe davon aus, du hast einen Waffenschein."

KAPITEL 36

Polizeiobermeister Radtke machte sich an seinem Regenfass zu schaffen. Die Zuleitung war mit dem Fallrohr verschraubt. Als er das Messingstück vom Gewinde löste, kam ihm die ganze Bescherung entgegen. Ein Schwall von Blättern, Samen und Wasser ergoss sich über den Hobbygärtner. Als er endlich das Anschlussstück zu fassen bekam, hatte sich das verstopfte Fallrohr aus der Verankerung gelöst.

„So ein Mist!",

entfuhr es ihm. Erstaunt entdeckte er einen Zuschauer auf dem Gehweg, der direkt an seinem Grundstück vorbei führte.

„Na, das ist ja eine Überraschung! Der Herr Kommissar gibt mir persönlich die Ehre!"

Brucklacher stand da, eine Hand in der Hosentasche, in der anderen eine Sektflasche. Die hielt er jetzt dem nassen Radtke vor die Nase. Der sah abwechselnd auf das Mitbringsel und den unerwarteten Besucher.

„Ich mach das kurz noch fertig, dann habe ich Zeit für Sie. Kommen Sie doch mit nach hinten auf die Terrasse.

Wenn ich mich nicht irre, steht noch Kaffee auf dem Herd."

Genau das hätte Brucklacher gerne vermieden. Aber nun ließ es sich nicht umgehen. Radtkes Kaffee war legendär. Auf der Dienststelle hieß es 'wenn du noch keinen Magendurchbruch hast, versuch es doch auf einen Kaffee bei POM Radtke'. So eingestimmt, durchquerte er die sauber angelegten Gartenbeete hinterm Haus. Hier war das Grundstück von einer abwechslungsreich gestalteten Hecke umgeben. Brucklacher bestimmte im Vorübergehen Felsenbirne, Kornelkirsche, Liguster und Eibisch. Radtke hatte gut gewählt. Als Brucklacher auf die Terrasse trat, stand er einer ganzen Ansammlung von Orchideen gegenüber, die seinen Herzschlag beschleunigten.

Der Hobbygärtner hatte sich einen praktischen, überdachten Pflanzentisch eingerichtet, der beinahe unter einem Meer der dauerhaften Blütenstände verschwand. Wunderschöne Arrangements in Weidengeflechten gefüllt mit Rinden und Gräsern hingen an kunstvoll gewirkten Girlanden aus dauerhaften Lianen. Darin kamen die dauerhaften Blütenbögen der Orchideen wunderbar zur Geltung. Auf Radtkes Terrasse sah es aus wie in den Tropen. Und dann streifte Brucklacher der zarte Duft aus Hunderten von Blüten. Die Anwesenheit dieser versammelten Schönheit wirkte sich unmittelbar auf seinen Gemütszustand aus. Ganz selbstverständlich setzte er sich auf einen der Stühle und betrachtete alles.

„Ich habe mich auf epiphytische Arten spezialisiert, das bedeutet – alles, was auf Bäumen wächst. Immerhin sind fast die Hälfte aller tropischen Orchideen Epiphyten."

Radtke war mit einem Tablett auf der Terrasse aufgetaucht.

„Kaffee war leider aus. Ich habe uns ein Feierabendbier mitgebracht."

Nacheinander stellte er zwei schlanke Gläser, einen Flaschenöffner und zwei Pils auf dem Tisch ab. Brucklacher war erleichtert über die glückliche Wendung für seinen Magen.

„Ich sehe jede Menge Dendrobien",

erklärte Brucklacher.

„Ja, die sind relativ unkompliziert und oft auch schon für wenig Geld zu bekommen. Wenn man ein paar Dinge beachtet, hat man viel Freude mit diesen Pflanzen."

Radtkes Gesichtsausdruck war gelöst und entspannt. Einen Orchideenfreund hatte Brucklacher in ihm nun wirklich nicht vermutet.

„Sie haben wirklich einen grünen Daumen. So ähnliche Arrangements habe ich bei einem Besuch in Amsterdam im Keukenhof gesehen. Wirklich wunderschön!"

Radtke setzte sich, öffnete ein Pils und füllte beide Gläser. Sofort stieg der Schaum bis unter den Rand.

„Von den Holländern kann man wirklich einiges lernen. Ich beziehe beinahe mein gesamtes Material von dort. Aber nun trinken wir auf Ihren Besuch in meiner bescheidenen Behausung! Eigentlich könnten wir auch du zueinander sagen."

Die beiden Männer erhoben die Gläser und nahmen einen kräftigen Schluck. Brucklacher kam gleich zur Sache.

„Ich bin da an einer Sache dran, über die ich mit dir reden muss."

Radtke war erstaunt.

„Ich dachte , du genießt bald den Vorruhestand ."

„Von wegen! So schnell werdet ihr mich nicht los. Und jetzt erzähle mir, was der Sohn von Professor Escher in Hamburg ausgesagt hat."

Radtke schüttelte den Kopf:

„Der will überhaupt nichts mit seinem Alten zu tun haben."

KAPITEL 37

Der Automat produzierte ein Ticket. Ansgar Dörfner öffnete die Fahrertür des dunkelblauen Passat und zog es aus dem Schlitz. Bei dem betagten Fahrzeug blockierte der elektrische Fensterheber. Eigentlich keine große Sache, aber eine Reparatur kostete eben. Was Fahrzeuge anbetraf, war der ehemalige Sachbearbeiter vom Arbeitsamt ein richtiger Sparfuchs. Sollten doch andere ihr Geld mit neuen Autos verpulvern. Ansgar Dörfner legte sein Geld vernünftig an. Er setzte auf den Ankauf billiger Immobilien. Das Aktiengeschäft war ihm zu unsicher geworden und alle Prognosen deuteten darauf hin, dass der Euro den Bach hinunterging. Seine Lebensgefährtin hatte er inzwischen auch so weit, dass sie seinem Beispiel folgte.

Veronika Baum saß auf dem zerschlissenen Beifahrersitz und war kreidebleich. Ihre Haare waren frisch gefärbt und ein wenig zu rot geraten. Unter einer modernen Sonnenbrille ging ihr Blick geradeaus ins Leere. Es ging ihr nicht besonders gut. Seit jenem Anruf vor einer Woche hatte sie wenig geschlafen. Im Moment war sie nur noch damit beschäftigt, den Kopf über Wasser zu halten. Ihre Tochter hatte am Telefon so verzweifelt geklungen, dass sie jeglichen Verstand beiseite gelegt hatte. Ohne zu zögern, hatte sie eine stattliche Summe abgehoben, um ihr Kind freizukaufen. Ihrem Lebensgefährten hatte sie davon nichts erzählt. Sie hatte ihren Kundenberater bei der Bank angerufen und um ein weiteres Darlehen gebeten. Jetzt saß sie mit zwanzigtausend Euro im Rucksack auf dem Beifahrersitz und fürchtete sich vor dem, was kommen würde. Praktisch konnte sie das Geld niemals zurückzahlen, so überschuldet, wie sie inzwischen war. Die Bank hatte ihre Immobilien als Sicherheit und würde stillhalten. Aber die Unversehrtheit ihrer Tochter war mehr wert als schnöder Besitz.

„Bist du sicher, dass du mich nicht dabeihaben willst?",
fragte Ansgar zum letzten Mal.

„Ich setze mich einfach dazu und verhalte mich ganz still."

„Nein, ich will das nicht!",
blaffte sie mit ungewohnter Schärfe. Ansgar verstummte.

„Das muss ich wirklich selber machen."
erklärte Veronika.
Ansgar steuerte den Wagen in eine Parklücke im dritten Stock des Reutlinger Parkhauses. Er sagte nichts mehr. Veronika war erleichtert, das war geklärt. Sie öffnete die

Beifahrertür und machte Anstalten auszusteigen. Er rief ihr hinterher:

„Ich fahr dann gleich wieder!"

Seine Kränkung konnte er schlecht verbergen. Er ließ den Wagen wieder an und legte krachend den Rückwärtsgang ein. Als die Bremslichter die Wände des Parkhauses in rotes Licht tauchten, empfand Veronika einen kurzen Moment des Bedauerns. Sie fing sich jedoch schnell wieder und eilte dem Treppenhaus zu. Dort befand sich der Fahrstuhl. Ihr Handy klingelte. Sie erschrak und kramte in ihrer Handtasche. Das war gar nicht so einfach, da sie noch eine Tüte mit dem Geld bei sich trug. Und schon war es passiert! Der halbe Inhalt ihrer Handtasche prasselte zu Boden. Die ganze Bescherung breitete sich auf dem Betonboden aus. Inzwischen leuchtete die Anzeige des Fahrstuhles grün auf und ein akustisches Signal ertönte. Die Tür öffnete sich mit einem schabenden Geräusch. Veronika kniete am Boden und sah nur zwei Füße die vor ihr verharrten. Sie sah nach oben. Eine vermummte Person mit jugendlicher Stimme fragte:

„Veronika Baum?"

Sie sah nach oben, wurde aber von der Deckenbeleuchtung geblendet. Sie bejahte die Frage.

„Ja, bitte?"

Statt einer Antwort klatschte ihr ein flacher Handrücken ins Gesicht. Sie wich nach hinten aus und knallte mit dem Kopf gegen die Aufzugstür. Sterne tanzten ihr vor Augen. Der Angreifer riss sie hoch und drückte sie mit dem Gesicht voran gegen die automatische Tür aus Edelstahl.

„Hör gut zu! Du machst jetzt genau das, was ich dir sage, dann tue ich dir auch nicht mehr weh."

Veronika Baum begann leise zu wimmern, während ein feines Rinnsal Blut aus ihrer Nase lief. Jetzt gab es kein Zurück mehr. Seine verstellte Stimme kam ihr seltsam bekannt vor.

„Du gehst jetzt vor mir her und drehst dich nicht um. Wenn du nur einmal aufmuckst, schlage ich dich tot. Und glaube ja nicht, dass dir irgendjemand zu Hilfe kommt. Wenn du schreist, wird deine Tochter dafür büßen."

Der Peiniger hielt Veronika ein Handy ans Ohr. Was sie da hörte, ließ ihr Herz beinahe stillstehen, es war tatsächlich die Stimme ihrer Tochter, und sie schrie und weinte. Er hatte sie nun vollends gefügig gemacht und schob sie vor sich her in den Aufzug. Veronikas Gehirn lief auf Hochtouren. Wo hatte sie diese Stimme schon einmal gehört?

KAPITEL 38

Sven Nickel beobachtete die Wolkenfront, die vom offenen Atlantik her heraneilte. Es war beängstigend und beruhigend zugleich. Auf dem Wasser fühlte er sich einigermaßen sicher. Es kam nur darauf an, möglichst wenig Spuren zu hinterlassen. Zu diesem Zweck hatte er zusammen mit seinem Onkel einen Plan erstellt. Eigentlich diente es der eigenen Beruhigung, ein Papier zu haben, an das man sich halten konnte. Das wussten beide. Den alten Krankenwagen waren sie bereits an einen Schrotthändler losgeworden. Hier im Golf von Morbihan gab es viele Plätze, um vor Anker zu gehen. In der Masse von Segelbooten aus aller Herren Länder konnte man lange unentdeckt bleiben.

Die Versorgung an Bord einer Segelyacht war leicht zu bewerkstelligen. Entweder man fand beim Landgang einen Supermarkt in der Nähe oder schlenderte über die lokalen Märkte. Dort gab es alles, was das Herz begehrte.

Onkel Herbert ging es von Tag zu Tag besser. Er saß schon wieder in einem Rollstuhl. Sven half ihm, so gut es ging, bei seinen täglichen Verrichtungen. Seine Beinprothese vermisste er anfangs sehr. Mit eisernem Willen übte er, an zwei Krücken zu gehen. Statt seines Glasauges trug er eine Augenklappe, was ihm einen verwegenen Ausdruck verlieh.

„Wenn ich mir jetzt noch eine Prothese aus einem Walknochen fertigen lasse, gehe ich glatt als Pirat durch",

scherzte er ironisch. Tatsächlich besaß er einen amtlichen Sportschifferküstenschein. Es war kinderleicht gewesen, an das Dokument heranzukommen. Eschers Pflegerin war hocherfreut, als sich ihr Arbeitgeber am Telefon gemeldet hatte. Nach seinem Verschwinden pendelte sie weiterhin regelmäßig zwischen ihrem Heimatort in Polen und Tübingen. Sie versorgte das Anwesen und regelte alles Nötige. Man konnte ja nie wissen. Den Polizeibeamten am Tatort in Deutschland hatte sie eine falsche Adresse angegeben. Escher besaß ein gutes Gedächtnis für Telefonnummern und erreichte Wladyslawa schon beim ersten Versuch. Sie freute sich ehrlich über das Lebenszeichen ihres Arbeitgebers und erledigte alles, was man ihr auftrug, zuverlässig. Sie tätigte die Überweisungen auf das angegebene Girokonto und faxte alle wichtigen Dokumente. So war es ihnen möglich gewesen, in La Trinité ein Boot zu chartern. Das erwies sich als sehr kostspielig. Also beschlossen sie, ein gebrauchtes Boot zu kaufen.

Sven betrachtete die deutsche EC-Karte in seinen Händen. Er hatte sie dem Kommissar im Lagerschuppen abgenommen. Die Unterschrift war deutlich lesbar – M. Brucklacher. Er fragte sich, wann der Beamte endlich tätig werden würde. Wie Sven richtig vermutete, hatte er seine Karte nicht sperren lassen. Somit war jede Bankbewegung für ihn einsehbar. Eine Spur so breit wie eine Autobahn führte zu ihrem jeweiligen Aufenthaltsort. Als das Datenchaos auf seinem Höhepunkt angelangt war, hatte es kurzzeitig Engpässe gegeben. Sie hatten dennoch am Automaten Geld beschaffen können, wenn auch nur bis zu einem versicherten Betrag. Sven hoffte inständig, dass sie den deutschen Behörden so als Köder dienten, um an ihre Verfolger heranzukommen. Noch lebendige Köder, wohlgemerkt.

„Ich denke, das Boot nehmen wir",

unterbrach Onkel Herbert Svens Gedankengänge.

„Der Preis ist reell für das, was geboten ist. Fünfzigtausend für eine sechs Jahre alte Yacht bezahle ich gerne."

Sven bestätigte:

„Unter Deck sieht alles aus wie neu. Aber ich glaube, so viel haben wir nicht auf dem Konto."

Escher schien den Umstand zu ignorieren und erklärte:

„Das sieht man öfter. Da kaufen die Leute für viel Geld ein schönes Boot und lassen es in irgendeinem Hafen im Wasser liegen. Eigentlich haben sie gar keine Zeit, das Schiff zu bewegen, weil sie damit beschäftigt sind, noch mehr Geld zu machen. Schließlich kaufen sie sich einen noch größeren Pott oder gehen pleite."

Die Jeanneau war wirklich in einem ausgezeichneten Zustand. Sie besaß ein Halbverdeck und eine Badeplattform. Aufgrund der Rollfockeinrichtung und einer Slooptakelung war sie gut zu besegeln. Cockpit und Laufdecks waren aus feinstem Teak. Das wirkte edel in Verbindung mit beigefarbenen Salonpolstern. Mit dieser gehobenen Ausstattung hielt man es leicht mehrere Tage auf See aus. Für

Sven waren es die ersten Tage und Nächte, die er auf dem Wasser verbrachte. Die Bewegungen des Bootes hatten ihm anfangs noch Unbehagen bereitet. Jetzt fühlte er sich pudelwohl. Die Seeluft und die Sonne taten das ihre. Herbert Escher wollte unbedingt einen Seemann aus seinem Neffen machen. Er griff sich eine Leine.

„Und nun, mein Junge, fangen wir ganz von vorne an und machen einen einfachen Knoten. Ein halber Schlag. Den kennt jedes Kind. Einfach ein Rundtörn des Tampen um die eigene feste Part. Wenn er sich von alleine festzieht, ist er ein guter Stopperknoten!"

Sven folgte mit den Augen und sagte:

„Aha! Vielleicht sollten wir noch kurz den Kaufvertrag abwickeln und eine Anzahlung leisten, bevor du mich an Bord verzurrst."

Im Yachthafen von La Trinité wimmelte es nur so von Booten, die zum Verkauf angeboten wurden. Der Agent wartete schon ungeduldig mit den Papieren am Pier. Sven überreichte dem Mann das Fax samt Kreditkarte und leistete eine Unterschrift. Während Sven die Einkäufe unter Deck brachte, machte sich Escher mit den technischen Einrichtungen vertraut. Als nautische Instrumente standen ein Sumlog und ein Kompass zur Verfügung. Das Boot war mit einem einundzwanzig PS starken Diesel ausgestattet, der sofort ansprang, als er den Starter betätigte. Escher ließ sich erschöpft in seinen Stuhl sinken. Die Muskeln in seinem Bein schmerzten. Ohne den Jungen wäre es ihm unmöglich gewesen, an Bord zu kommen. Sven hatte ihn mehr oder weniger tragen müssen. Der Füllstandsanzeiger zeigte einen vollen Tank an. Wenig später stachen sie in See.

KAPITEL 39

Der Sturm kam mit einer solchen Macht vom Atlantik her, dass sich in kürzester Zeit sechs Meter hohe Wellen gebildet hatten. Die von Wind und Wellen freigesetzten Kräfte schlugen ungebremst gegen die Küste. Wer sich jetzt noch auf dem Wasser befand, war den Elementen schutzlos ausgeliefert. Brucklacher hatte sich ein Ferienappartement in der Nähe von Port Ivy angemietet. Im Winter wagten sich nur hartgesottene Touristen hierher in die Bretagne. Nachdem er in einem Supermarkt nahe Quiberon Lebensmittel eingekauft hatte, fuhr er mit seinem Wagen an der Cote Sauvage entlang, zurück in seine Bleibe.

Eine schmale Straße wand sich in Küstennähe vorbei an Buchten, die einen Blick auf den tobenden Atlantik freigaben. Er stellte den Wagen auf einem ausgewiesenen Parkplatz ab. Hölzerne Baken begrenzten die Ein- und Ausfahrt in der Höhe, damit keine Wohnmobile und Caravans dort wild campen konnten. Jetzt war er der einzige Mensch weit und breit. Die Einsamkeit, welche die Landschaft vermittelte, war unbeschreiblich. Er kam sich ganz klein vor im Angesicht der Naturgewalten. Als er den Wagen verlassen wollte, riss ihm der Wind beinahe die Fahrertür aus der Hand. Brucklacher zog sich die Regenkapuze seiner Windjacke über und zog den Reißverschluss ganz nach oben. Die Luft schmeckte salzig, aber war erfrischend. Sturmböen fegten über die baumlose Heide und rissen alles mit sich, was nicht fest im Boden verankert war. Eigentlich war es lebensgefährlich, was er hier tat. Warnschilder neben dem Wanderweg entlang der Küste machten darauf aufmerksam. Es bestand Gefahr, durch Monsterwellen von den Klippen ins Meer gerissen zu werden. Brucklacher stemmte sich gegen den Wind. Der Druck war so enorm, dass er nur mit Mühe vorwärts kam. Schließlich erreichte er einen einigermaßen geschützten Platz hinter einer aufragenden Felsnadel. Von dort aus war der offene Ozean einsehbar. Das Tosen war unbeschreiblich.

Der Boden erzitterte unter den ungeheuren Wassermassen, die pausenlos in die zahllosen Höhlen und Spalten der Felsenküste brandeten. Wasserfontänen und Luft entwichen lautstark, ähnlich einem gigantischen Dampfkochtopf, aus allen Ritzen und Öffnungen im Gestein. Gischt wurde nach oben geschleudert und sofort von den Böen als Nebelschwaden landeinwärts getragen.

Er fragte sich, warum Escher und der Junge nicht einfach den Bodensee als Zuflucht ausgewählt hatten. Brucklacher verwarf den Gedanken sofort wieder. Dort wäre der Alte vermutlich längst schon ein toter Mann gewesen. Dass er noch am Leben war, stand für den Kommissar außer Frage. Der ganze Verlauf ließ für ihn nur diese Schlussfolgerung zu. Ohne auch nur eine konkrete Nachricht von Sven Nickel erhalten zu haben, war er ihm an diesen Ort gefolgt. Die Abhebungen über Brucklachers EC-Karte waren wie ein toter Briefkasten, der nur von ihm selbst eingesehen werden konnte. Hier auf der Halbinsel Quiberon, in der Südbretagne, hatte es die größte Häufung von Buchungen gegeben. Brucklacher war sich sicher, dass er hier früher oder später in Kontakt mit dem Jungen treten würde.

Die Falle für die unsichtbaren Verfolger war gestellt. Alle Vorbereitungen waren getroffen. Tief beeindruckt betrachtete er das spektakuläre Naturschauspiel. Während seiner Amtszeit war er nie auf den Gedanken gekommen, außerhalb der allgemeinen Ferienzeit, eine Fahrt ans Meer zu unternehmen. So hatte er den Ozean erlebt wie Millionen anderer Touristen im Sommer. Das hier war von ganz anderer Qualität. Eine wilde Schönheit, gewaltig und ungestüm. Es erschreckte ihn beinahe, weil es so urgewaltig daherkam, dass er sich winzig wie eine Obstfliege fühlte.

Als er genug von dem tosenden Schauspiel hatte, ging er zurück zu seinem Wagen. Jetzt kam der Wind von hinten und schob ihn vor sich her. Als er gerade eingestiegen war, setzte Regen ein. Der Scheibenwischer lief auf Hochtouren, trotzdem war die Sicht gleich Null. Ganz langsam tastete sich Brucklacher die Küstenstraße entlang in Richtung Port Ivy. Morgen würde er dem kleinen Hafen einen Besuch abstatten, vorausgesetzt der Sturm hatte sich wieder gelegt. Die Einfahrt zum Ferienappartement war aus dieser Richtung schwer zu erkennen. Brucklacher verpasste sie und musste wenden.

Dabei fiel ihm ein schwarzer Pickup mit dunkler Verglasung auf, der an der Straße geparkt stand. Sofort dachte er wieder an die schrecklichen Augenblicke, in denen er mit ansehen musste, wie die junge Staatsanwältin von einem ähnlichen Fahrzeug getötet wurde. Er schob den Gedanken beiseite. Brucklacher betrat völlig durchnässt seine Unterkunft.

KAPITEL 40

Veronika Baum war verzweifelt und am Ende ihrer Kraft. Ohne das Geld und ihre Tochter stand sie zitternd an einer Haltestelle und wartete auf den Stadtbus. Was sollte sie nun tun? Einfach zur Polizei gehen war keine Lösung. Sie würde unweigerlich ihre Tochter Luna da mit hineinziehen. Von Anfang an hatte sie schon den Verdacht gehabt, dass sie etwas mit der Erpressung zu tun haben könnte. Jetzt war sie sich sicher, dass es so war. Die Lehrerin hatte den vermeintlichen Entführer an der Stimme erkannt. Es war dieser Krause, ein Freund ihrer Tochter.

Veronika hatte gute Miene zum bösen Spiel gemacht und das Geld trotzdem ausgehändigt, schon um nicht wieder geschlagen zu werden. Aber sie hatte noch mehr gesehen in dem Loch, in das sie geführt worden war. Etwas, was sie nun pausenlos beschäftigte, ohne dass ihr bewusst war, warum.

Der alte Industriekomplex aus der Gründerzeit hatte schon bessere Tage gesehen. In den Hallen der ehemaligen

Garnfabrik wurde längst nicht mehr produziert. Alles stand leer. Die Besitzer hatten kein Interesse, in die Erhaltung zu investieren. Der Denkmalschutz hatte einen Abriss verhindert, und so ließ sich das Gelände nahe der Reutlinger Innenstadt nicht mehr so einfach zu Geld machen. Inzwischen wurde es richtig gruselig in den ehemaligen Kellern und Bunkern. Dort hätte man ohne weiteres jemand verschwinden lassen können, ohne dass er jemals wieder aufgetaucht wäre.

Hier war es wirklich finster und schmutzig. Spinnweben hingen wie Matten von der niederen Decke, und Kolonien von Nagetieren hatten hier die letzten sechzig Jahre das Regiment geführt. Berge von alten Brettern und Metallteilen erinnerten an einen unterirdischen Schrottplatz. Um Geld zu sparen, hatte man alles in den Untergrund verfrachtet. Sie hatten dort einen langen Korridor betreten, der wenigstens elektrisch beleuchtet gewesen war. Links und rechts führten Stahltüren in angrenzende Räume. Ein alter Luftschutzbunker aus dem zweiten Weltkrieg diente jetzt einem anderen Zweck. Hier hatten die Wände und der Boden eine moderne Renovierung erfahren.

Für einen kurzen Moment sah Veronoka durch eine der Türen auf eine Szene, die nicht hierher passen wollte. Ganze Reihen von blinkenden LEDs wiesen auf modernste Technik hin. Ein Rack vom Boden bis unter die Decke mit verkabelten Rechnern verbarg sich in dem Raum. Dann war es auch schon vorbei, die Tür wurde von innen zugedrückt und der Erpresser schob sie weiter. Ihr ganzes Gesicht brannte und war dick angeschwollen. Der Kopf tat ihr weh und es pfiff in den Ohren. Am Ende des Ganges gingen sie durch eine Tür mit modernem Sicherheitsschloss, das nachträglich eingebaut worden war. Der Gewölbekeller war nur spärlich eingerichtet, in der Mitte ein Tisch mit einem alten Wählscheibentelefon.

„Leg die Kohle auf dem Tisch ab, dann kannst du mit deiner Tochter sprechen!",

nuschelte der Kerl in ihrem Rücken. Katrin vermied es, sich umzudrehen. Sie nestelte in ihrer Tasche und warf mit blutigen Fingern das Papierkuvert mit dem Bargeld auf die Tischplatte. Dann griff sie hastig nach dem Telefon.

„Hallo? Bist du dran?"

Am anderen Ende rauschte es. Dann hörte sie die ruhige Stimme ihrer Tochter.

„Mama, gib ihm jetzt einfach das Geld und geh dann wieder! Bitte frag nicht und tu, was er dir sagt. Es ist das Beste so."

In diesem Moment wusste Veronika Baum, dass sie von ihrem Kind betrogen worden war. So redete kein Entführungsopfer. Ihre Tochter machte gemeinsame Sache mit diesem Strolch. Wenig später stand sie wieder im Tageslicht. Ohne sich noch einmal umzudrehen, suchte sie nach vertrauten Anhaltspunkten. Von hier aus hatte sie diesen Platz noch nie zuvor gesehen. Eigentlich hatte sie geglaubt, sich ganz gut in der Stadt auszukennen, aber jetzt dauerte es einige Zeit, bis sie sich zurechtfand. Ihr rechtes Auge war beinahe vollständig zugeschwollen. Sie kramte in ihrer Manteltasche und fand tatsächlich ihr Etui mit Sonnenbrille. Die setzte sie vorsichtig auf die schmerzende Nase und fühlte sich augenblicklich etwas wohler. Sie befand sich am anderen Ufer der Echaz mit dem alten Backsteinbau im Rücken.

Ein überwucherter Pfad führte an einem Wehr entlang bis zur nächsten Brücke. Der Feierabendverkehr tobte bereits stadtauswärts.

KAPITEL 41

Brucklacher erwachte, als es bereits hell wurde. Das war für seine Verhältnisse recht spät, denn immerhin begann es, jetzt im Winter, erst nach acht Uhr zu dämmern. Im Wohnzimmer war es schon überschlagen warm. Die Gasheizung arbeitete vollautomatisch. Noch in der Unterhose machte er sich Kaffee aus einer Espressokanne auf dem Herd. Das Appartement war mit einer schönen Küchenzeile ausgestattet, von der aus man in die Bucht hineinsehen konnte. Es war keine gute Idee gewesen, sich im Supermarkt ein Baguette zu kaufen. Die Brotstange vom Vortag war heute kein Genuss mehr. Er nahm sich vor, noch heute Morgen nach einem Bäcker zu suchen. Das war nicht einfach, denn in der Nebensaison hatten viele Geschäfte geschlossen. Brucklacher liebte diese unvergleichlich krossen und knusprigen Backwaren. Ein Frühstück ohne Baguette war hier ebenso wenig denkbar wie für einen Schwaben

Linsen ohne Spätzle. Der Kaffee schmeckte vorzüglich und Brucklacher war versöhnt mit dem Tagesbeginn. Er setzte sich ins Wohnzimmer mit bequemen Korbsesseln und einem Esstisch. Behaglichkeit kam auf beim Anblick des regengrauen Himmels.

Behutsam öffnete er seine Aktentasche und breitete Unterlagen aus. Manchmal war es wichtig, alles auf einmal im Blick zu haben. Für sämtliche Ereignisse hatte er eine Karteikarte angefertigt. Alle Kopien und Berichte aus der Behörde waren rot markiert, Schlussfolgerungen und Mutmaßungen gelb, bewiesene Fakten grün. Er liebte diese ganz einfache Methode, um sich einen Überblick zu verschaffen. Kein Computer dieser Welt konnte ihm das ersetzen. Seine einzige Sorge galt jetzt den beiden Männern hier draußen. Wie konnte man einen solchen Sturm auf dem Wasser überleben? Die beiden mussten in einem Hafen Schutz gesucht haben. Er griff zu seinem Handy und schrieb eine SMS. Noch während er die Kurzmitteilung in den Speicher eingab, wurde er durch den eingestellten Klingelton auf einen Anrufer hingewiesen. Er nahm das Gespräch an:

„Ja, hallo?"

„Bist du das, Manne?"

Brucklacher erkannte die Stimme sofort wieder.

„Grüße dich Veronika. Das ist jetzt aber eine seltene Überraschung. Wie lange ist das jetzt her? Zehn Jahre vielleicht, dass wir uns nicht mehr gesehen haben?"

Er musste nicht lange in seinen Erinnerungen kramen. Alles war sofort wieder präsent. Sie hatten eine lange Freundschaft gepflegt, die schließlich in eine heftige Affäre gemündet war.

Keine gute Idee, nach wenigen Monaten gingen sie wieder auseinander. Inzwischen war sie geschieden, und er hatte ihr verziehen, aber sie nahm immer noch einen ganz besonderen Platz in seinem Gefühlsleben ein.

„Was kann ich für dich tun?",

erkundigte er sich vorsichtig. Zunächst war Ruhe in der Leitung, dann antwortete sie mit brüchiger Stimme:

„Ich brauche deinen Rat in einer Sache, die mich und meine Tochter betrifft..."

Wieder machte seine Gesprächspartnerin am Telefon eine längere Pause. Brucklacher wusste nur zu gut, wie es sich anhörte, wenn Menschen in außergewöhnliche Situationen geraten waren.

„Ich höre zu! Du kannst reden."

In den nächsten Minuten erfuhr Brucklacher von der Erpressung und der Lösegeldübergabe in Reutlingen. Besonders ein Detail hakte sich in seinem Gedächtnis fest. Erpressung von Familienangehörigen war nichts Ungewöhnliches, ein mit Rechnern vollgepackter Kohlenkeller aber umso mehr. Zu diesem Zeitpunkt war diese Information ein Wink mit dem Zaunpfahl. War es tatsächlich möglich, dass es einen Zusammenhang gab? Er mahnte sich zu einer vernünftigen Einschätzung. Die Versuchung war groß, eine direkte Verbindung zu den Ereignissen des letzten halben Jahres herzuleiten. Selbst wenn er sich durch Wunschdenken ablenken ließ, das war jetzt eine Sache für die Ermittlungsbehörde.

„Bist du noch dran?"

Brucklacher wurde aus seinen Gedanken gerissen.

„Ja, natürlich! Es ist so, dass ich einen Überfall mit

Körperverletzung auf jeden Fall melden muss. Dazu bin ich verpflichtet als Polizist, und das weißt du auch."

Sie schluchzte am anderen Ende ins Telefon. Brucklacher konnte sich vorstellen, wie ihr zumute war.

„Was ich für dich tun kann ist, dass ich zusammen mit dir das Ganze durchstehe. Es ist keine leichte Sache, wenn ein Familienmitglied betroffen sein sollte. Wir werden das herausfinden und dann tätig werden. Wichtig ist jetzt, dass du auf mich wartest, bevor du noch irgendeinem Menschen von der Sache erzählst, verstehst du mich? Auf keinen Fall noch jemanden mit ins Vertrauen ziehen!"

Brucklachers Stimme hatte einen sehr bestimmten Ton angenommen, ohne laut zu werden.

„Leider bin ich gerade im Ausland und weiß nicht genau, wann ich wieder zurück bin. Aber ich melde mich bei dir, sobald ich wieder zurück in Reutlingen bin. Wäre das in Ordnung für dich?"

Statt einer Antwort weinte Veronika Baum am anderen Ende in ihr Handy. Was für eine ärmliche Zeit, dachte Brucklacher, wenn ein Stück aus Metall und Plastik menschliche Nähe ersetzen muss.

Er verabschiedete sich mit einem mulmigen Gefühl und legte das Handy beiseite.

Gegen zehn Uhr erreichte Dieter Harting das Ferienhaus. Er hatte allerlei Gepäck im Kofferraum. Brucklacher half ihm beim Entladen:

„Um Gottes Willen ist das schwer. Wenn uns jemand beobachtet, wird er sich fragen, ob wir eine Invasion im Schilde führen."

Harting konnte mit Sprüchen dieser Art ganz gut umgehen.

Als Waffennarr musste man sich zwangsläufig ein dickes Fell zulegen.

„Ohne meine Lieblinge gehe ich nirgendwohin. Ich hoffe nur, die Nachbarn verpfeifen uns nicht bei den Flics. Ich habe zwar alle Papiere dabei, aber natürlich keine Übersetzung. Die sind hier manchmal etwas eigen, wenn es um die Sprache geht."

Brucklacher meinte ziemlich entspannt:

„Hier leben bestimmt ein paar ehemalige Soldaten, die ihren Dienst in Deutschland absolviert haben. Die sprechen viel besser deutsch, als du und ich französisch."

Harting frotzelte:

„Man wird ja noch ein paar Vorurteile haben dürfen."

Nachdem auch noch drei Kartons mit Rotwein ins Haus hineingetragen worden waren, stieg die Vorfreude auf ein paar erholsame Stunden. Zumal Brucklacher sich daran erinnerte, dass Harting ein begnadeter Hobbykoch war. Gutes Essen war eine Leidenschaft, die sie miteinander teilten.

KAPITEL 42

Ansgar Dörfner war in Hochform. Soeben hatte er sein Kiesertraining absolviert. Spontan entschloss er sich, noch etwas in der Stadt zu erledigen, bevor er nach Hause fuhr. Zielstrebig lenkte er seinen Wagen in das nächste Parkhaus und begab sich zügig ins Treppenhaus. Dort wartete er auf den Aufzug und merkte sich das Parkdeck, auf dem er seinen betagten Passat abgestellt hatte. Als er am Kassenautomat vorbeiging, nahm er flüchtig die Uhrzeit wahr. Die digitale Anzeige verkündigte 21.34 Uhr. Er hatte die Angewohnheit, stets informiert zu sein, wie spät es gerade war. Während seiner Zeit beim Arbeitsamt hatte er viel mit direktem Kundenverkehr zu tun gehabt. Er schätzte sich als guten Mediator ein, wenn es darum ging, einen Sachverhalt unter schwierigen Bedingungen zu klären. Aber in diesem Fall handelte es sich nicht um eine zu Unrecht gewährte staatliche Leistung oder die Klärung der Bedürftigkeit irgendeines Antragstellers. Er war gekommen, um den Typen zur Rede zu stellen, der sich an seiner Lebensgefährtin vergriffen hatte.

Inzwischen hatte er auch den Namen des Gewalttäters

herausgefunden. Das war sehr einfach gewesen. Er kramte in seiner Tasche nach dem Zettel mit der Adresse, den er im Zimmer von Veronikas Tochter Luna gefunden hatte. Dörfner ging die Albstraße entlang, bis er vor dem ehemaligen Textilbetrieb stand. Er suchte vergeblich nach einer Hausnummer. Schließlich nahm er auf gut Glück den nächstbesten Eingang in das Gemäuer aus der Gründerzeit.

Mehrere Werbetafeln von Kleinunternehmern mit einprägsamen Firmennamen waren an den kahlen Wänden angebracht. Als pensionsberechtigter Beamter belächelte er diese Form, seinen Lebensunterhalt verdienen zu wollen. Schließlich waren diese Existenzgründungen oft nur der verzweifelte Versuch, der Arbeitslosigkeit zu entgehen. Diese Generation war einfach nicht ernst zu nehmen.

Draußen begann es zu regnen. Dicke Tropfen fielen trommelnd auf die Oberlichter aus verdrecktem Glas. Alles schien verlassen in dem alten Gemäuer. Nur eine getigerte Katze duckte sich in eine Nische auf der Mauer und beobachtete den Eindringling aus geweiteten Augen. Er ging die Gänge entlang und stieg über eine Treppe ins Obergeschoss. Doch auch hier bot sich dasselbe trostlose Bild. Alle Türen war verschlossen und das Gebäude schien verlassen. Durch ein eingeworfenes Fenster sah er auf die Straße. Große Pfützen hatten sich auf dem schwarzen Asphalt gebildet. Hin und wieder rauschte ein Fahrzeug vorbei. Dörfner beschloss, in den Keller hinunterzusteigen, um dort sein Glück zu versuchen. Veronikas Beschreibung war nur sehr vage gewesen, sie war immer noch völlig durcheinander. Er fragte sich, warum er der Meinung gewesen war, der Kerl würde sich einfach so stellen lassen. Selbst Ratten hatten ihre

Löcher, in denen sie sich versteckten. So würde er den Typen nie erwischen. Als er das Erdgeschoss wieder erreicht hatte, klingelte sein Handy. Es klang sehr laut und unwirklich in dem verlassenen Gemäuer. Er zog es aus seiner Jackentasche und meldete sich:

„Ja, hallo, hier Dörfner?"

Ein kurzes Knacken, dann der Anrufer:

„Wenn du mich suchst, gehe einfach die Kellertreppe runter und dann durch die Tür hinten am Gang."

Es rauschte in der Leitung.

„Hallo? Mit wem spreche ich denn überhaupt? Hallo?"

Der Anrufer hatte aufgelegt. Ansgar Dörfner steckte sein Telefon wieder ein und orientierte sich kurz. Es widerstrebte ihm, irgendeiner Anweisung zu folgen, aber er tat es. Die Treppe nach unten war von derselben nüchternen Scheußlichkeit wie alle anderen baulichen Überreste in dem alten Industriebau. Nur eine kahle Glühbirne beleuchtete das Treppenhaus. Er fand die beschriebene Tür und öffnete sie ohne zu zögern.

KAPITEL 43

Der Kommissar beobachtete den Pier von der gegenüberliegenden Seite der Hafenmole, so wie er es die ganze letzte Woche getan hatte. Jetzt bei Ebbe saßen alle Boote auf dem Schlick fest. Es roch gewaltig nach Meer und verrottendem Tang. Zahlreiche Seeschwalben und Möwen suchten zwischen den Steinen nach Nahrung. Bei Ebbe kam kein Boot in den Hafen, außer vielleicht ein leichtes Schlauchboot mit praktisch null Tiefgang. Dieter Harting hatte inzwischen ganze Arbeit geleistet. Meistens trafen sie sich abends, um die neuesten Informationen auszutauschen. Seine Zeit als Fremdenlegionär in jungen Jahren öffnete Harting so manche Tür.

Nach mehreren Tagen zähem Nachfragen stießen sie auf eine vielversprechende Information. In Quiberon hatte es am Vorabend in einer Poolbar eine wüste Schlägerei gegeben. Angeblich waren ein betrunkener Deutscher und ein Amerikaner darin verwickelt gewesen. Auch von einer Begleiterin war die Rede. Interessantes Detail war der Wagen, mit dem sie unterwegs waren. Ein alter amerikanischer Hummer mit Tübinger Zulassung. Brucklacher hatte sich an ihre Fersen geheftet und den Türsteher tatsächlich in der Polizeistation in der Ausnüchterungszelle aufgespürt. Der Kommissar versuchte alles, um ein paar Worte mit ihm wechseln zu können. Aber der Hüne war noch so stoned, dass kein vernünftiger Satz aus ihm herauszubekommen war.

Da Brucklacher auch kein Amtshilfegesuch der deutschen Behörde vorweisen konnte, musste er das Ganze ergebnislos abbrechen. Genau genommen, durfte er nicht einmal eine Waffe bei sich tragen, oder gar eine Verhaftung vornehmen. Aber er war sich nun sicher, dass sie die mutmaßlichen Verfolger aufgespürt hatten. Man musste ihn observiert haben, und war ihm bis hierher in die Bretagne gefolgt. Vermutlich hatten sie seinen Wagen mit einem Peilsender versehen. Jetzt kam alles darauf an, Nickel und den Professor vor diesen Leuten zu finden.

Die Hafenkneipe von Port Ivy war nur stundenweise geöffnet. Ein Schild am Eingang wies unnötigerweise darauf hin. Gott sei Dank war der Wind abgeflaut. Eine gleichmäßig graue Wolkendecke zog gegen Osten. Der Sturm der letzten Woche war Vergangenheit. Nur noch Unmengen von Algen erinnerten an die urgewaltigen Brecher, die gegen die Küste gebrandet waren.

Brucklacher vertrieb sich die Zeit mit einem Spaziergang zwischen den Bergen von Pflanzen und angeschwemmtem Treibgut. Sein Auge war wachsam und wanderte unaufhörlich Richtung Hafen. Dabei stolperte er über den durchsichtigen Leib einer angeschwemmten Blumenkohlqualle. Die hatte er als Junge oft im Sommer an der Silberküste gefunden. Ihre Nesselfäden waren harmlos und konnten die menschliche Haut nicht durchdringen. Das tote Tier hatte gut einen halben Meter Durchmesser. Nach dem Sturm hatte es die Meduse aus den kalten Tiefen hier an Land gespült. Brucklacher entdeckte mehrere spanische Galeeren im Tang. Diese Art sah aus wie aufgeblasene kleine Plastikbeutel. Die waren bedeutend giftiger als ihre großen Verwandten. Er hatte schon als Kind ein reges Interesse an diesen Kreaturen entwickelt, schon deshalb, weil eine Gefahr von ihnen ausging, die allgemein unterschätzt wurde. Etwa so wie der blaue Eisenhut in den Vorgärten seiner Heimat, der eines der stärksten Pflanzengifte enthielt.

Den Holster mit der Pistole hatte er im Appartement liegen lassen. Er hasste es, bewaffnet am Strand entlang zu spazieren. Das erinnerte an die vielen Kriminalfilme im Fernsehen und die waren für ihn fernab jeglicher Realität. Schießwütige Polizeibeamte waren eine Erfindung der Medien. Nach einer Stunde auf und ab gehen hatte er genug vom Flanieren. Außerdem kam langsam die Flut. Also ging er auf die Hafenkneipe zu und traf dort tatsächlich auf zwei Einheimische, die an einem runden Tischchen am Fenster saßen und rauchten. Er setzte sich ebenfalls auf einen Stuhl und bestellte einen Grand Café au lait. Sehr viel mehr französisch konnte er ohnehin nicht. Die beiden älteren Herren schielten einige Male zu ihm herüber. Der Winter war die Zeit, wo die Einheimischen den Touristen zahlenmäßig überlegen waren. Nach der zweiten Tasse und einem Pastis nahm Brucklachers Zuversicht ab. Noch immer waren die Verfolger und die Gejagten unsichtbar. Er betrachtete einen Aufsteller vor der Kneipe. Da stand zu lesen: Moules frites. Bretonische Miesmuscheln mit Pommes hätte er jetzt auch gerne gegessen, aber vermutlich hatte der Wirt das Schild einfach immer dort stehen. Für die wenigen Wintergäste lohnte es nicht, die Küche zu öffnen. Draußen an der Mole schlugen schon die Wellen Schaumkronen an den Beton. Die Boote dümpelten im auflaufenden Wasser. Er bezahlte und zog die Kneipentür hinter sich zu. Das Glas schepperte in der Fassung. Brucklacher war erstaunt. Wie es sich wohl anhörte wenn ein Sturm dagegen schlug? Im nächsten Augenblick war es klar. Der Wirt schloss einen Holzladen über dem Eingang. So einfach war das.

Die Szene hatte etwas von einem schlechten Western. Brucklacher stand alleine auf dem Vorplatz zum Hafen, und der Wind heulte zwischen den Häusern hindurch. Die Takelagen der Boote im Hafenbecken klangen etwa so wie eine Schmiede, in der Pferde beschlagen wurden. Just in diesem Moment schob sich eine Yacht mit eingeholten Segeln in die Hafeneinfahrt. Brucklacher wusste sofort, dass es die Flüchtigen waren, noch bevor ein Mensch an Deck gekommen war. Sein Puls schnellte in die Höhe. Sven Nickel befand sich noch im Ruderstand und machte sich daran, das Anlegemanöver alleine durchzuziehen. Ganz langsam fuhr er eine freie Stelle am Pier in einem Dreißig-Grad-Winkel an und stoppte die Maschine. Durch die Rechtsdrehung der Schiffsschraube im Rückwärtsgang wurde das Boot parallel an den Pier getrieben. Er sprang an Land und hängte das Auge seiner Festmacherleine an einem der Poller ein. Er trug rotes Hochsee-Ölzeug und auf der Nase eine dunkle Sonnenbrille. Brucklacher aktivierte die gespeicherte Kurzwahl in seinem Handy.

„Es kann losgehen!",

sagte er nur, dann ging er rasch den Pier entlang. Sven war so beschäftigt, ein mustergültiges Anlegemanöver hinzulegen, dass er ihn zunächst gar nicht bemerkte.

„Man sieht sich im Leben immer zweimal!",

rief ihm Brucklacher zu und freute sich ehrlich, den jungen Mann unversehrt anzutreffen. Sven Nickel war hocherfreut und grinste über das ganze Gesicht.

„Unkraut vergeht eben nicht!"

Dann wandte er sich dem Boot zu.

„Mein Onkel brennt schon darauf, Sie kennenzulernen. Schließlich haben sie uns freundlicherweise ihr Konto überlassen. Kommen sie doch an Bord. Ich werde mich noch schnell um Wasser und Diesel kümmern. Das ist ganz schnell erledigt."

Brucklacher entgegnete bestimmt:

„Es ist besser, wir legen gleich wieder ab. Ich erkläre es Ihnen später."

Ihre Ankunft war aufmerksam beobachtet worden. Ein Offshore-Boot mit starken Motoren setzte sich langsam in Bewegung. An Bord befanden sich drei Personen. Unter Deck lagen Munition und Schusswaffen bereit. Schon mehrere Stunden warteten die Verfolger nahe dem Hafen, um im richtigen Moment loszuschlagen. Viel Gegenwehr war nicht zu erwarten. Sie gaben ihrer Beute einen satten Vorsprung. Das erhöhte den Reiz der Jagd, und auf offener See hinterließ man weniger Spuren.

KAPITEL 44

Brucklacher war zum ersten Mal an Bord einer Segelyacht und hatte schon kurz nach dem Auslaufen ein mulmiges Gefühl in der Magengegend. Die See war immer noch bewegt nach den stürmischen Tagen. Er suchte das Gespräch mit Escher, der seine Rolle als Skipper souverän ausübte.

„Ich freue mich außerordentlich, dass es Ihnen gut geht. Wenn ich bemerken darf, haben Sie eine beneidenswerte Bräune angenommen. Na ja, wohl kein Wunder, wenn man so viel frische Luft abbekommt."

Herbert Escher hatte wirklich ein vom Wetter gegerbtes Gesicht. Der Kommissar studierte seinen Gesprächspartner aufmerksam. Sein verbliebenes Auge war klar und vermittelte einen aufgeweckten Geist.

„Nun, das lässt sich gar nicht vermeiden. Vor wenigen Monaten noch hatte ich mich aufgegeben. Aber es zeigt sich wieder einmal, dass eine Bedrohung von außen Kräfte freisetzen kann, von denen man zuvor keine Ahnung hatte."

Das hätte Brucklacher ohne weiteres unterschreiben können.

Sven brachte heißen Kaffee aus der Kajüte an Deck. Escher lächelte zufrieden.

„Sie können sich nicht vorstellen, wie viel Freude ich durch diesen Jungen im Alter zurück gewonnen habe."

Brucklacher hatte das unsichtbare Band zwischen den ungleichen Männer längst bemerkt. Man sah beiden an, dass sie durch die Umstände eine tiefe Gemeinschaft eingegangen waren.

„Eigentlich ist an allem nur diese verfluchte Patentschrift schuld. Ich hätte das Dokument einfach vernichten sollen, dann wäre vielleicht nichts geschehen."

Brucklacher sah auf den weiten Atlantik hinaus. Escher erklärte:

„Mich trifft eine moralische Schuld. Hätte ich verantwortungsvoll gehandelt, wäre mein Neffe niemals in Versuchung geraten mit Dingen zu experimentieren, die in ihren Folgen unabsehbar waren."

Er war den Tränen nahe. Brucklacher konnte das nachempfinden und bemerkte:

„Es mag vielleicht nichts mehr ungeschehen machen, aber es gibt durchaus auch Stimmen, die behaupten, durch dieses Computerchaos hätte ein Umdenken in den Köpfen vieler stattgefunden. Ich persönlich denke, dass wir Menschen uns schon immer gerne in Sicherheiten wiegen, die keine sind. Das Leben ist und bleibt eine Herausforderung und lässt sich nicht durch Rechner ersetzen."

Beide schwiegen einen Moment. Die grüne Farbe des Wassers in Küstennähe ging in eine tiefblaue über. Brucklacher wollte alles wissen:

„Was hat es eigentlich mit diesen Leichenteilen in Ihrem Haus auf sich? Können Sie mir das erklären."

Escher lächelte wissend.

„Das mag bei oberflächlicher Betrachtung ein recht makabres Szenario abgegeben haben. Ich nehme an, sie sind auf meine Sammlung im Zuge ihrer Ermittlung gestoßen."

Brucklacher nickte. Escher fuhr fort.

„Wenn man am Ende seines Lebens angelangt ist, betrachtet man viele Dinge aus einer anderen Perspektive. Mir war es schon immer wichtig, Vorsorge zu treffen. Ich habe mich dementsprechend beizeiten um eine Grabstelle auf einem der umliegenden Friedhöfe gekümmert. Durch einen Zufall habe ich erfahren, dass es in diesem Bereich vermehrt zur Ausbildung von Wachsleichen gekommen ist. Das hat etwas mit dem Grundwasser und der Bodenbeschaffenheit zu tun. Nach einer eingehenden Beschäftigung mit diesem Thema hat es sich herausgestellt, dass mit den Resten der dort Bestatteten nicht sehr pietätvoll umgegangen wird. Das hat mich betroffen gemacht. Daraufhin habe ich beschlossen, alles zu sammeln und angemessen wieder bestatten zu lassen. Leider ist es nicht mehr dazu gekommen, da mein Schlaganfall dazwischenkam. Sehen sie meine Aktivitäten als Beitrag zu einem würdevollen Umgang mit den Toten."

Sven hatte sich zu den beiden älteren Herren an Deck gesetzt. Nachdem er einen Kurs angelegt hatte, war das Boot für einen Moment sich selber überlassen. Brucklacher richtete das Wort an ihn:

„An Sie hätte ich auch noch die eine oder andere Frage." Sven setzte sich bequem und steckte die Hände in die Taschen seiner Funktionsjacke.

„Wieso, glauben Sie, haben diese Leute Ihren Onkel entführt?"

Nickel antwortete gelassen:

„Eigentlich wollten die nur an die Patentschrift mit dem Datenschlüssel ran. Mein Onkel hat behauptet, er wisse nicht wo sich die Aufzeichnungen befänden. Daraufhin haben sie ihn am Kaminfeuer mit Folter bedroht und sogar einige seiner wertvollen Arbeiten verbrannt, um die Information zu erpressen. Mein Onkel hat ihnen meine Telefonnummer angegeben und erlitt einen Schwächeanfall. Als es ihm immer schlechter ging, haben die Entführer kalte Füße bekommen und ihn mit genommen. Die wollten nur in den Besitz der Patentschrift gelangen, um sie ihren Auftraggebern zu verkaufen. Die haben sich dann mit mir in Verbindung gesetzt und verlangten die Akte im Austausch mit meinem Onkel. Ich habe mich geweigert, da ich dachte sie würden uns dann beide verschwinden lassen. Ich habe eine Handy-Ortung vorgenommen, meinen Onkel dort alleine angetroffen und in Sicherheit gebracht. Ich bin mir sicher, jemand ist diesen Leuten zuvorgekommen und setzt den Algorythmus nun für seine Zwecke ein. Mir war klar, dass die vor nichts zurückschrecken und es wieder versuchen würden."

Der Kommissar hörte sich alles an und stellte eine Zwischenfrage:

„Weshalb, glauben Sie, sind die immer noch hinter ihnen

her? Dafür gibt es doch demnach keinen Anlass mehr."

Nickel fasste hinter sich und zog einen eisernen Gegenstand heraus.

„Die Patentschrift enthält zwar viele Informationen zur Erstellung eines perfekten Datenschlüssels, aber der wichtigste Teil befindet sich hier."

Damit hielt er Brucklacher vorsichtig einen Feuerhaken mitten unter die Nase.

„Man muss schon ganz genau hinsehen, um die Gravuren nicht mit einem Muster zu verwechseln."

Tatsächlich erkannte Brucklacher eine klar erkennbare Anordnung von Zeichen und Ziffern entlang des geschmiedeten Schaftes.

„Mein Gott, wer kommt denn auf so eine Idee? Das ist ja wie in einem Fersehkrimi! Ich kenne das Ding! Habe selber damit in der Wohnung Ihres Onkels in der Asche herumgestochert. Der Haken lag da am Boden und keiner hat etwas dahinter vermutet."

Nickel grinste schelmisch.

„Ganz richtig! Es hat meinen Onkel eine ganze Stange Geld gekostet, das eingravieren zu lassen. Ohne diesen Zusatz ist die Patentschrift nur die Hälfte wert. Das haben die inzwischen wohl auch schon herausgefunden und wollen mehr von uns. Eschers Feuerhaken eben!"

Brucklacher lächelte und stellte eine dumme Frage:

„Und wie haben Sie das Teil aus der Villa heraus bekommen?"

Nickel antwortete:

„Unsere polnische Haushälterin ist eine Perle!"

Dann machte er eine Pause und fuhr fort:

„Wie soll das jetzt hier mit uns eigentlich weitergehen?"
Brucklacher antwortete gelassen.

„Der Köder hängt am Haken. Dafür habt ihr beide ja gesorgt. Die sind ganz in unserer Nähe, das ist sicher. Wir kreuzen vor der Bucht und warten, was geschieht."

Jetzt kam es darauf an, kühlen Kopf zu bewahren und nicht die Nerven zu verlieren. Brucklacher erklärte:

„Ab jetzt steht ihr unter Polizeischutz, wenn euch das beruhigt. Auch wenn ich hier eigentlich keine Befugnisse habe."

Dann sah er Escher und Nickel belustigt an.

„Natürlich immer vorausgesetzt, ihr verpasst mir nicht wieder eine Narkose und werft mich über Bord."

Der Wind frischte merklich auf und die Bewegungen des Bootes nahmen zu. Brucklachers gute Laune litt etwas unter dem ungewohnten Seegang.

„Fangen wir also ganz von vorne an. Was hat es mit diesem Patent auf sich?"

Der alte Professor begann zu erzählen.

KAPITEL 45

„Was für ein dämlicher Trottel bist du eigentlich?"

Arved packte den überrascht dreinblickenden Ansgar Dörfner beim Kragen und zog ihn mit einem Ruck nach vorne, direkt mit der Magengrube auf sein angewinkeltes Knie. Das hatte er im Knast gelernt. In schneller Folge trat er auf den am Boden Liegenden ein, um ihm keine Chance zu geben, sich zu wehren. Als er ihm gegen den Kopf trat, ging plötzlich seine Begleiterin dazwischen.

„Sag mal, spinnst du? Du bringst ihn ja um! Das ist der Lebensgefährte meiner Mutter!"

Arved hielt inne und trat dann gegen die Tür.

„Schit! Schit! Weshalb kannst du nicht einen Moment die Klappe halten? Jetzt verpfeift der uns ganz sicher!"

Er erhob den Zeigefinger. Hass stand in seinen Gesichtszügen geschrieben. Da war nichts mehr übrig geblieben, von dem einst so überlegen wirkenden Computerstrategen.

„Dir ist doch klar, dass ich sofort wieder in den Knast gehe, wenn mein Bewährungshelfer Wind davon bekommt?"

Dörfner lag am Boden und winselte um Gnade. Das war keine gute Idee. Arved verpasste ihm einen weiteren Fußtritt ins Kreuz.

„Der muss weg! Sonst ist alles aus!"

Arved schaute sich suchend in dem Verschlag um. Er griff nach einem Schraubendreher und hielt ihn Luna entgegen.

„Hier nimm und stich zu! Es gibt keinen anderen Ausweg! Das muss sein!"

Er bedrängte sie so sehr mit dem Werkzeug, dass sie es schließlich in die Hand nahm.

„Los, mach schon! Stich ihn ab!"

Jetzt fing Luna hemmungslos an zu weinen. Das machte ihn noch wütender.

„Dumme Kuh! Wer A sagt, muss auch B sagen! Es ist so vorherbestimmt!"

Im nächsten Moment explodierten drei Irritationswurfkörper in seiner unmittelbaren Nähe. Die Kombination von Lärm- und Blendgranaten führte zu vollkommener Verwirrung. Arved riss die Arme hoch, das Mädchen fiel nach hinten. Dann stürmte ein Sonderkommando den Raum. Die Männer des SEK trugen Helme mit Vollschutz und schusssichere Westen. Wenige Augenblicke später lagen Arved und seine Komplizin mit dem Gesicht nach unten am Boden.

„Raum gesichert!"

Zwei Sanitäter kümmerten sich um den Verletzten.

POM Radtke wartete vor dem Gebäude in einem Streifenwagen. Endlich bekam er Funk. Er war sehr zufrieden. Die SEK hatte im richtigen Moment zugegriffen. Es war richtig gewesen, die Spezialeinheit anzufordern. Die gesamte Aktion schien gefährdet, als eine weitere Person das Gebäude betreten hatte. Offenbar hatte der Mann großes Glück im

Unglück gehabt und war mitten in den Zugriff geraten. Alles war glatt verlaufen. Radtke war gespannt, ob sich Brucklachers Vorhersage als richtig erweisen würden. Der zuständige Richter hatte eine Durchsuchungsanordnung unterschrieben. Die Spurensicherung stand mit drei Fahrzeugen bereit, um die technische Ausrüstung in dem Keller zu beschlagnahmen. Jetzt war es an der Zeit, Brucklacher zu informieren. Radtke wählte seine Handynummer. Der Teilnehmer war zur Zeit nicht erreichbar. Wie oft hatte er diesen dämlichen Satz schon gehört.

KAPITEL 46

Sven Nickel erhob sich und starrte Richtung Küste.

„Ich fürchte, wir bekommen Besuch!"

Er deutete auf einen weißen Punkt von Gischt in der Dünung.

„Da hält ein schnelles Boot auf uns zu!"

Die nächsten Augenblicke waren spannungsgeladen. Sven hatte ein Fernglas hervorgeholt und kommentierte, was er sah:

„Da sind mehrere Personen an Bord. Sieht gar nicht gut aus!"

Seine Stimme verriet Angst.

„Was passiert jetzt?"

Brucklacher schien die Ruhe selbst.

„Die Chance steht fünfzig fünfzig. Wir werden es gleich wissen."

Tatsächlich näherte sich das Offshore-Boot rasend schnell. Als es auf gleicher Höhe angekommen war, verringerte es seine Fahrt. Die deutsche Krankenschwester und der GI hatten sich Verstärkung besorgt bei der Jagd auf ihre wertvolle Beute. Am Steuer saß ein dritter Mann, versteckt unter einer schwarzer Kapuze. Vermutlich gehörte ihm auch das Boot. Der Amerikaner hielt eine Waffe im Anschlag und rief durch ein Megaphon:

„Nehmen sie das Segel runter, oder wir schießen!"
Sven reagierte sofort und befolgte die Anweisungen. Die Jeanneau verlor augenblicklich an Fahrt und begann zu schaukeln. Brucklacher wurde übel. Dann flüsterte er kurz in das kleine Mikro an seinem Revers. Von dem Motorboot dröhnte es herüber:

„Hände über den Kopf, wir kommen an Bord!"
Zeitgleich löste Brucklachers Sender an der Küste Alarm aus.

Dieter Harting war kaum wiederzuerkennen. Er unterschied sich rein äußerlich kaum von den dreißig Rekruten des französischen Heeres, die ihre Schlauchboote vom Strand ins Wasser trugen. Im Hintergrund erhob sich ein altes Gemäuer. Das Fort von Penthièvre hieß früher Kap la Palice und diente heute als Truppenübungsplatz des Heeres. Hier erfuhren junge Soldaten eine Grundausbildung. Hartings Freund und Skatpartner Pierre Breton kannte den Kommandanten recht gut. Eigentlich war die offene See für die Schlauchboote eine echte Herausforderung. Gewöhnlich bestand ein Teil des militärischen Drills aus einer ausgedehnten Ruderpartie im Golf von Morbihan. Heute war an jedem der Boote ein leistungsstarker Motor angebracht. Die Soldaten trugen Schutzhelme und Tarnfarben im Gesicht. Scharfe Munition war nicht ausgegeben worden, schließlich handelte es sich um eine Übung. Ziel war es, einen Akt der Piraterie zu vereiteln, so, wie es zum Beispiel für die Truppen der EU-Mission Atalanta der Fall gewesen war. Im Vergleich zu sonstigen Exerzitien wie über Gerüste zu klettern, oder Nahkampfübungen am Strand zu absolvieren, war die Seeübung eine willkommene Abwechslung. Die jungen Soldaten waren hoch motiviert. Um möglichst realistische Einsatzbedingungen zu simulieren, hatte der Kommandant noch zwei nagelneue Caiman Marine Helikopter von der Base aéronavale de Lanveoc-Poulmic angefordert. Wohl auch, um dem ehemaligen Fremdenlegionär zu imponieren, außerdem noch zwei Rafale Kampfjets von der Navy Base in Landivisiau, die zur Zeit ihre Schießübungen über der Quiberon absolvierten. Harting war zufrieden. Er steckte in seinem alten Kampfanzug der Fremdenlegion und trug eine Schwimmweste. Alles klappte wie am Schnürchen. Um sich nicht völlig nackt zu fühlen, hatte Harting seine Lieblingspräzisionswaffe, ein MSG 90 A2 bei sich. Damit ließ sich für einen guten Schützen jeder Gegner zuverlässig ausschalten. Es war ihm egal, was der französische Führungsstab von seinem Auftritt hier hielt. Jetzt kam es nur noch darauf an, möglichst schnell zu der Yacht aufzuschließen. Die Außenborder brüllten auf und trieben die schwarzen Schlauchboote über das grüne Wasser in der Bucht. Dieter Harting hatte einen kurzen Anflug von Unsicherheit, da durch den hohen Seegang die Sicht auf die Segelyacht eingeschränkt war. Die Besatzung duckte sich unter der Gischt weg.

Brucklacher stand indessen mit den Händen über dem Kopf an Deck und fragte sich, ob er eigentlich von Sinnen gewesen war, sich auf ein solches Abenteuer einzulassen. Dann sah er die anrückende Streitmacht als Erster. Der Kommissar traute seinen Augen kaum, als er zwei Helikopter entdeckte, die über der Halbinsel abdrehten und genau auf ihre Position zusteuerten. Wie aus dem Nichts schossen Schlauchboote nach beiden Seiten in kurzer Entfernung vorbei und verringerten abrupt ihre Geschwindigkeit. Gleichzeitig gellten Befehle über das aufgewühlte Wasser. Dreißig Famas Sturmgewehre waren auf das Motorboot gerichtet. Dieter Harting hatte scharfe Munition geladen, aber das wusste nur er. Trotz des Seegangs hatte er einen der bewaffneten Männer im Fadenkreuz. Es würde nur den Bruchteil einer Sekunde dauern, ihn auszuschalten. Als die Caiman NH-90 Helikopter wenige Meter über dem Wasser Position einnahmen, wurde es feucht. Feiner Wassernebel zog in Schwaden über den Schauplatz. Die Rotoren veranstalteten eine unglaubliche Geräuschkulisse. Zwei Rafale Kampfjets donnerten mit ohrenbetäubendem Lärm im Tiefflug über sie hinweg. Völlig eingeschüchtert warfen die Kriminellen ihre Waffen ins Boot und erhoben die Hände über dem Kopf. Nicht ein Schuss war gefallen. Es knackte in Brucklachers Headset.

„Na, wie war ich?"

Der Kommissar versuchte den Lärm zu übertönen:

„Unglaublich Dieter! Wirklich unglaublich!"

KAPITEL 47

Polizeiobermeister Radtke war es gelungen, einen gefährlichen Hacker auffliegen zu lassen, der für den allgemeinen Datengau verantwortlich zu sein schien. Arved Krause lächelte, als er aus dem Keller der alten Textilfabrik abgeführt wurde. Bei der Durchsuchung des Unterschlupfes wurden grosse Mengen Hardware und Speichermedien sichergestellt. Eine Auswertung durch Spezialisten würde einige Zeit in Anspruch nehmen.

„Glaubst du, die Tochter und der Lebensgefährte deiner Bekannten haben gemeinsame Sache mit diesem Krause gemacht?"

Fragte Radtke mit vollen Backen. Er sah Brucklacher erwartungsvoll an. Der nippte an seinem Espresso. Die Plätze im Freien waren bei diesem Wetter sehr begehrt. Von hier aus hatte man den ganzen Reutlinger Marktplatz im Blick. Anstatt die Antwort abzuwarten, lobte der POM seine Sachertorte.

„Also schau dir mal dieses Riesenstück an!"

Brucklacher war mit seiner Antwort soweit.

„Das ist ausgeschlossen. Die Kleine ist einfach auf diesen

Krause hereingefallen. Man kennt das ja! Ex-Knacki sitzt zu Unrecht und braucht eine zweite Chance im richtigen Leben. Da setzt bei so einem Mädel einfach der Helferinstinkt ein. Du siehst ja deine Liebsten heute nicht mal mehr von Angesicht zu Angesicht, bevor du eine Beziehung mit ihnen eingehst. Wirklich verrückt, fast schon wie früher im Orient!"

Radtke wandte ein:

„Moment mal! Zwischen Anbandeln und Erpressung ist ja wohl noch ein kleiner Unterschied."

Brucklacher resümierte:

„Der Tatverdacht gegen die Tochter und den Lebensgefährten von Veronika Baum wurde von der Staatsanwaltschaft fallengelassen. Dörfner konnte glaubwürdig versichern, dass er sich nur aufgrund unglücklicher Umstände in besagtem Keller befunden hatte, als der Zugriff durch die Behörde erfolgte. Die Tochter beteuerte, von dem Erpressungsversuch ihres Freundes nichts gewusst zu haben."

Radtke schob den leeren Kuchenteller in die Mitte des Tischs.

„Schon gut! Ich hab das auch gelesen. Eigentlich wollte ich deine Einschätzung hören."

Der Kommissar setzte einen Punkt.

„Lassen wir das einfach so stehen! Viel wichtiger ist ja wohl der Zusammenhang zwischen diesem Arved Krause und Sven Nickel. Ich bin überzeugt, den Jungen trifft keine Schuld an dem Datengau. Als er die entwendete Patentschrift wieder in den Tresor seines Onkels legte, war im nicht klar, was für Folgen seine Indiskretion

haben würde."
Radtke fragte nach:
„Aber wie ist er an diesen Computer-Irren geraten?"
„Ganz einfach. Auch Arved Krause hat einmal ganz harmlos und klein angefangen. Sie besuchten beide dasselbe Gymnasium. Als Jugendliche haben sie dann gemeinsam kleine Programme gebastelt und Spiele im Internet gekrackt. Nur der Eine ist ein ganz passabler junger Mann geworden und der Andere hat sich zum Fanatiker entwickelt. Erst viel später sind sie sich wieder begegnet, weil sie geschäftlich miteinander zu tun hatten. Beide sind Softwareentwickler und kennen sich aus in dieser Materie. Sven Nickel hatte als Betreuungsbevollmächtigter seines Onkels Zugang zu sämtlichen Unterlagen. Dabei ist er über diese geheimnisvolle Patentschrift gestolpert. Professor Escher kannte deren Inhalt nur flüchtig. In seiner Zeit als Patentanwalt hatte ihm ein Mandant die Patentschrift zur juristischen Prüfung überlassen und war nie wieder aufgetaucht. Nickel hingegen begriff recht schnell, womit er es zu tun hatte. Möglicherweise existieren diese Aufzeichnungen nur noch einmal, nämlich in einem geheimen Safe des CIA. Im weitesten Sinne handelt es sich um ein Werkzeug zur Entschlüsselung von Daten. Solches Zeug wird gewöhnlich unter Verschluss gehalten, um es im richtigen Moment als Joker aus dem Ärmel zu ziehen."
Radtke setzte sich zurecht.
„Heißt das etwa, die Entführer sind vom amerikanischen Geheimdienst?"
Brucklacher fuhr fort:

„Nein. Das sind gewöhnliche Kriminelle. Die Frau weiß überhaupt nicht, um was es eigentlich geht, und der Ami ist ein ehemaliger GI von der aufgelösten Militärbasis auf der Haid bei Engstingen. Wer sie letztlich angeheuert hat, um an das Patent, heranzukommen wissen wir noch nicht. Auf jeden Fall haben sie es vermasselt und türmten vor der Übergabe. Vielleicht dachten sie, der Junge würde mit der Polizei anrücken. Sven Nickel hat ziemlichen Mut bewiesen, dass er überhaupt da hingegangen ist. Letztlich verdankt der Professor ihm sein Leben. Die hätten den alten Mann im Schuppen einfach sterben lassen. Ja und dann hat er mich dorthin gelockt und mir eine Narkose verpasst."

Radtke war irritiert:

„Hört sich ganz so an, als würdest du ihn dafür auch noch in Schutz nehmen!"

Brucklacher lachte:

„Versteh doch! Der hat versucht, mich da rauszuhalten, weil ich ganz dicht an ihm dran war. Dabei war er noch so clever und hat mir meine EC-Karte abgenommen."

„Das kapiere ich jetzt überhaupt nicht",

beklagte sich Radtke.

„Na anhand der Abbuchungen war ich immer informiert, wo die sich gerade aufhielten und konnte sie aufspüren."

Erklärte der Kommissar.

„Wenn du mich fragst, ein ziemlich seltsames Gespann, dieser Professor und sein sauberer Neffe. Was ist eigentlich aus seinen drei philippinischen Ehefrauen geworden? Ich hätte beinahe darauf gewettet, dass sie Teil seiner makabren Sammlung sind."

Brucklacher wischte sich den Mund mit einer Serviette sauber.

„Fehlanzeige, mein Lieber! Der Mann ist einfach nur ein Menschenfreund. Er hat die Damen nur geheiratet, damit sie im Land bleiben konnten. Ob es ihnen was genützt hat, weiß ich nicht. Auf jeden Fall handelt es sich bei den Leichenteilen tatsächlich um Zufallsfunde."

„Und wie ist nun der Krause an diese Patentschrift herangekommen?",

fragte Radtke weiter. Brucklacher sah auf die Uhr.

„Der junge Nickel hatte sie ihm schon früher gezeigt, weil er so völlig aus dem Häuschen war über seine Entdeckung. Für Arved Krause zählte nur, was für eine Macht er damit in den Händen hielt. Er hat sich unbemerkt einen Scan von dem Papier erstellt und hat es ausprobiert. An den Folgen leiden wir noch heute. Gott sei Dank hatte er die unvollständige Version."

Radtke war verunsichert und konnte nicht recht folgen.

„Willst du etwa damit sagen, diese Leute hätten vielleicht ein Motiv gehabt, die Hofleitner aus dem Weg zu schaffen, weil sie in dieser Sache eine Ahnung hatte?"

Brucklacher war abgelenkt. Ein Schokokrümel hielt sich hartnäckig in seinem rechten Mundwinkel.

„Das habe ich auch eine Zeitlang in Betracht gezogen. Die Hofleitner hat tatsächlich in Tübingen Jura studiert. Aber zu der Zeit war Escher längst in Pension. Es gibt einfach keinen Zusammenhang. ."

KAPITEL 48

Brucklacher wanderte mit den Augen über die Terrassen am Südhang des Tropicariums im botanischen Garten in Tübingen. Hier stand die interessante Familie der Bedecktsamer. Mit über zweihunderttausend Arten waren diese Pflanzen die umfangreichste Familie innerhalb der Pflanzensystematik. Brucklacher genoss den Ausflug in die unschuldige Pflanzenwelt und den stetigen Versuch der Wissenschaft, sie zu erfassen. Sein Blick blieb an einer Blüte haften, und ohne Voranmeldung sickerte ein ungeheurer Gedanke in sein Bewusstsein. Er schlug sich so laut gegen die Stirn, dass zwei Besucher, die ihm auf dem Weg entgegenkamen, verunsichert stehenblieben.

„Manfred Brucklacher, du dämliches Rindvieh!",
rief er aus, während ein Lächeln sein Gesicht erhellte, als hätte man soeben eine der Pflanzen nach ihm benannt.

„Natürlich, klar, so war es, wie konnte ich Hornochse das nur übersehen!"

Dann eilte er zwischen den Beeten hindurch und rempelte mehrere Besucher an, da es ihm nicht schnell genug ging. Als er durch den Schlossbergtunnel fuhr, war er viel zu schnell und rauschte prompt nach der Röhre in eine mobile

Messanlage.

„Jetzt fehlt nur noch, dass die mich rausziehen!", rief er grimmig und trat das Gaspedal nochmals durch. Der Parkplatz vor der Polizeidirektion war blockiert. Eine Gruppe von Demonstranten forderte lautstark ihre Rechte ein. Brucklacher las auf selbstgemalten Bannern: „Die Neckarinsel muss frei bleiben". Eine Reihe von Kollegen hielt sich im Hintergrund. Brucklacher erkannte auch Polizeiobermeister Radtke.

Er parkte seinen Wagen neben der Straße und hoffte, dass er unversehrt bleiben würde. Noch ging alles friedlich ab, aber eine schwellende Gewaltbereitschaft lag in der Luft. Brucklacher bahnte sich einen Weg zwischen den wütenden Bürgern hindurch bis hinter die gedachte Front. Aus dieser Perspektive sahen die Demonstranten noch bedrohlicher aus.

„Hallo Jürgen! Hier ist ja ganz schön was los!"

„Das kannst du wohl laut sagen! Seit dieser Sache mit dem verdammten Bahnhof in Stuttgart kommen die Leute einfach nicht mehr zur Ruhe. Das ist nicht gut und führt zu nichts."

Der Kommissar war bestürzt, so viel Wut zu begegnen. Radtke erklärte:

„Gestern Nacht gab es wieder Randale auf der Neckarinsel. Nachdem sich die Anwohner über lauten Trommellärm beschwert hatten, sind wir eingeschritten. Mit dem Ergebnis, dass sechs Kollegen schwer verletzt wurden und jede Menge Sachschaden entstanden ist."

Brucklacher schüttelte den Kopf und sagte dann:

„Dazu fällt mit gar nichts ein. Die Menschen und ihre

Motive sind oft erschreckend einfach gestrickt. Deshalb wollte ich eigentlich mit dir reden. Mir ist es ganz recht, wenn wir das hier draußen machen. Ich sitze jetzt über dreißig Jahre hinter dem Schreibtisch, und doch ist mir nie langweilig geworden."

Sie beobachteten beide weiterhin das Treiben. Eine kleine Gruppe von Randalierern checkte die Lage ab.

„Ich kenne dich nun auch schon eine ganz schön lange Zeit. Was kann ich für dich tun?"

Brucklacher legte ihm in knappen Sätzen seine neuerlichen Erkenntnisse dar und was nötig war, um seinen Verdacht zu beweisen. Es entstand eine Pause.

Radtke sah ihn lange an und pfiff dann durch die Zähne:

„Verdammt noch mal, du meinst das wirklich ernst! Dir ist klar, was passieren wird, wenn sich dein Verdacht als haltlos erweist?"

Brucklacher sah ihm ins Gesicht:

„Die werden mir eine Rasur ohne Wasser und Seife verpassen, ich weiß."

Radtke schüttelte den Kopf und lächelte.

„Ist ja schon gut. Ich mache das für dich. Wenn der Kerl wirklich so ein Schwein ist, möchte ich ihn auch drankriegen. Da nehmen sich die Krawallmacher hier ja aus wie brave Konfirmanden, wenn das stimmen sollte!"

Brucklacher verabschiedete sich und fuhr beruhigt nach Hause.

KAPITEL 49

Der Türsummer öffnete die Eingangstür zu der modernen Praxis in der Innenstadt von Tübingen. Brucklacher hatte sich einen Termin bei der Polizeipsychologin Monika Freyh geben lassen. Dank der Therapiesitzungen kannte er die Räumlichkeiten bereits.

Die Praxis war kaum wiederzuerkennen. Eine umfangreiche Modernisierung hatte hier stattgefunden. Edle Materialien starrten von Boden, Wänden und Decke. Außer ihm war keiner im Wartezimmer. So war das meistens, da die Psychologin nur Termine nach Vereinbarung annahm.

„Ach, hallo! Sie sind es! Ich glaube, wir kennen uns.

Sie waren schon mal in meiner Sprechstunde",

log sie frei heraus, als sie den ehemaligen Patienten mit Handschlag begrüßte. Natürlich kannte sie den Kommissar. Jede Sekunde der Therapie war ihr im Gedächtnis haften geblieben. Brucklacher folgte ihr ins Behandlungszimmer. Hier war alles in zarten Pastelltönen gehalten, beinahe ein intimer Rahmen. So sollte der klinische Aspekt in den Hintergrund treten und Vertrauen erzeugt werden. Nur ein Stuhl, eine Liege und ein Tischchen. Monika Freyh nahm Platz und bot Brucklacher die Couch an. Der blieb einfach stehen und sagte geradeheraus:

„Ich denke, das was ich ihnen zu sagen habe, geht so einfacher."

Monika Freyhs Gesicht erstarrte zu einer undurchdringlichen Maske, als wüsste sie bereits, was kommen würde. Brucklacher begann zu reden. Ganz ruhig und sachlich in gemäßigtem Ton:

„Sie haben Ihre Stellung als Psychologin missbraucht, um an die Informationen bezüglich der Tötung von Staatsanwältin Hofleitner heranzukommen. Sie sind die Geliebte und Komplizin von deren Amtsnachfolger Schnitzler und haben sich womöglich der Anstiftung zum Mord schuldig gemacht."

Das Gesagte schlug ein wie ein Bombe. Die Anschuldigung war so treffend und präzise vorgetragen, dass Freyhs Lügengebäude augenblicklich zusammenbrach. Sie versuchte erst gar nicht, sich zu verteidigen.

„Na und? Das müssen Sie mir erstmal beweisen."

Damit hatte Brucklacher gerechnet. Er zog einen kleinen Stapel Kopien aus der Tasche und legte sie auf das Tischchen neben ihr.

„Lesen Sie sich das einfach durch. Das sind Kopien von Mails an ihren Geliebten, Kontoauszüge und andere Dokumente, die den Haftrichter interessieren könnten. Ich rate Ihnen, zu kooperieren. Entscheiden Sie sich. Das könnte sich mildernd auf Ihr Strafmaß auswirken."

Sie warf einen knappen Blick auf den Stapel:

„Wie viel Zeit habe ich?"

Brucklacher wandte sich zur Tür.

„Bis morgen früh punkt neun Uhr. Meine Telefonnummer

haben Sie ja in Ihren Akten."
Dann verließ er die Praxis so, wie er gekommen war.

KAPITEL 50

Polizeiobermeister Radtke genoss die Observierung zusammen mit Brucklacher sichtlich. Endlich war Zeit, um das Vergangene aufzuarbeiten Sie saßen schon seit fünf Uhr in der Frühe keine zweihundert Meter entfernt von Professor Eschers Villa im Wagen auf einer Wendeplatte. Der Polizeiobermeister stellte den Sucher seiner Spiegelreflexkamera scharf. Brucklacher sah durch ein Fernglas bis zur Hofeinfahrt von Staatsanwalt Schnitzler. Es war ziemlich frisch an diesem Morgen, doch in Brucklachers Privatwagen gab es eine Standheizung. Die hatte Jutta bei ihrem Auszug nicht mitnehmen können.

„Es ist jetzt gleich acht. Wenn seine Geliebte hier noch aufkreuzen sollte, muss sie sich aber beeilen. Ich glaube, da tut sich was",

bemerkte Radtke. Die Haustür öffnete sich und eine Frau erschien im Morgenmantel. Rasch öffnete sie den Briefkasten und entnahm eine Tageszeitung. Dann verschwand sie wieder im Haus.

„Au weia! Da sitzt sicher die ganze Familie beim Frühstück und ahnt nichts."

Wenige Minuten später öffnete sich die Haustür abermals und der Hausherr samt Hund tauchten auf. Auf der Schwelle gab er der Frau noch ein Küsschen.

„Mist! Mist! So machen sie es also. Er trifft sie beim morgendlichen Gassi gehen mit seinem Hund. Jetzt wird's eng!"

Dann geschah etwas Unerwartetes. Monika Freyh rannte direkt vor dem Haus über die Straße. Sie hatte wohl im Verborgenen dort gewartet. Auf dem Gehweg kam es zu einer Bände sprechenden Szene. Radtkes Spiegelreflex schoss Aufnahme um Aufnahme. Der Staatsanwalt war völlig überrascht. Er sah nach rechts und links. Seine Geliebte redete auf ihn ein und schien völlig aufgelöst. Er zog sie beiseite, nahm ihren Arm und redete auf sie ein. Das schien sie wohl etwas zu beruhigen. Schließlich ging sie wieder davon. Staatsanwalt Schnitzler tigerte unschlüssig auf und ab. Sein Hund zog verspielt an der Leine. Dann bog er in Richtung Garage ab und betätigte eine Fernbedienung. Der Torantrieb ruckte an und gab den Blick auf zwei Fahrzeuge frei. Dort standen nebeneinander eine weiße C-Klasse und ein großer schwarzer Geländewagen.

„Volltreffer! Die Mordwaffe sauber in der eigenen Garage geparkt, so, wie du es vorausgesehen hast!
Das nenne ich eiskalt!"

Radtke war außer sich über die Entdeckung. Brucklacher entgegnete:

„Es ist einfach Eitelkeit. Nichts als Eitelkeit."

Die Männer saßen einfach nur da und starrten durch die

Frontscheibe. Radtke ergriff als Erster wieder das Wort:

„Man stelle sich diese Kaltblütigkeit vor: Der Kerl steckt das Büro seiner Vorgesetzten in Brand, setzt sich in seinen Wagen und überfährt sie eiskalt, weil sich gerade eine gute Gelegenheit bietet. Der muss den Brandbeschleuniger für den Fall der Fälle in seinem Wagen aufbewahrt haben. Aber das kriegt die Spusi alles raus. Was für ein Teufel!"

Brucklacher war ganz bleich und erschüttert.

„Er wollte einfach nur auf ihrem Stuhl sitzen. Nicht mehr und nicht weniger."

Radtke griff sich an den Kopf.

„Aber wieso hat er den Wagen nicht einfach verschwinden lassen oder wenigstens als gestohlen gemeldet? So blöde kann man doch gar nicht sein."

Der Kommissar schüttelte den Kopf:

„Da ist sie ja wieder, die Eitelkeit! Er hat geglaubt, es besser als die anderen zu machen. Er dachte, in seiner Garage würde bestimmt niemand nach einem Wagen suchen, der in ein Tötungsdelikt verwickelt war. Jetzt ist mir auch klar, warum der mich so schnell wie möglich wieder aus dem Urlaub hat holen lassen. Und mich, den einzigen Augenzeugen, hat seine Geliebte aus Gefälligkeit dann kontrolliert. So konnte er sich sicher sein, dass ihm niemand dahinterkam. Dann war es ihm ein Leichtes, die Ermittlungen so zu lenken, dass sie ins Leere gingen und die Akte auf dem großen Haufen landete."

Radtke bemerkte:

„Du solltest dir die Sache mit der Hasenzucht noch mal durch den Kopf gehen lassen."

Vor dem Haus des Staatsanwaltes kam Bewegung auf.

Sohn und Tochter verließen in Begleitung ihrer Mutter die Wohnung.

KAPITEL 51

Es dauerte noch den ganzen Vormittag, bis Brucklacher wieder zu Hause war. Dort trank er Kaffee, den er aus der Bretagne mitgebracht hatte. Er dachte an den Atlantik, die würzige Seeluft und die herrlichen Sonnenuntergänge. Rammler Hansi genoss ein frisches Löwenzahnblatt in seinem Stall. Woran er wohl gerade dachte? Einem plötzlichen Impuls folgend griff sich Brucklacher seinen Wagenschlüssel und fuhr zurück ins Präsidium. Er fand sich vor der Tür von Schnitzler wieder und klopfte an, bevor er eintrat.

„Tut mir leid. Der Herr Staatsanwalt ist noch bei Gericht und wird heute wohl nicht mehr hier sein können", trällerte seine Sekretärin hinter ihrem Schreibtisch hervor. Brucklacher hatte schon damit gerechnet und tischte ihr eine faustdicke Lüge auf.

„Es geht um Leben und Tod. Die Schwiegermutter vom Herrn Staatsanwalt hat einen Schlaganfall erlitten."
Die Dame im edlen Fischgratkostüm griff zum Telefon. Der

Kommissar legte seine Hand sanft auf die ihre:

„Meinen Sie nicht, es wäre besser, wenn ich ihm die Nachricht persönlich überbringe?"

Sie überlegte kurz und plauderte dann los:

„Herr Schnitzler wollte heute zu Hause bleiben. Seine Familie ist schon Richtung Bodensee aufgebrochen zum Segeln. Aber ..."

Weiter kam sie nicht. Brucklacher hatte sich schon umgedreht und stürmte los. Im Aufzug wählte er Radtkes Nummer. Weshalb ging der nicht ans Telefon? Eine wüste Vorahnung plagte ihn. Er schob sie beiseite. Der Verkehr kam schon vor dem Schlossbergtunnel zum Stehen. Brucklacher schwitzte und öffnete die oberen Knöpfe seines Hemdes. Unter der schusssicheren Weste wurde es mächtig warm. Noch nie hatte er sich so unwohl gefühlt im Stadtverkehr. Am liebsten hätte er alle Fahrzeuge zur Seite gefegt, wie in einem amerikanischen Actionkrimi. Er brauchte dreimal so lange wie gewöhnlich. Er musste sich zügeln, um nicht mit achtzig durch die Dreißigerzone zu rasen. Da stand Radtkes Dienstwagen. Gott sei Dank, immer noch am selben Platz, an dem Brucklacher ihn vor zwei Stunden verlassen hatte. Aber da war niemand mehr hinter dem Steuer und die Fahrertür stand einen Spalt offen. Der Kommissar zwang sich, Ruhe zu bewahren. Er parkte sein Fahrzeug am Straßenrand und ging gemäßigten Schrittes an Radtkes Wagen vorbei. Vielleicht war er ja nur kurz ausgetreten. Plötzlich meldete sich sein Handy. Er riss es förmlich aus der Tasche und führte es zum Ohr.

„Ich sehe Sie durch mein Küchenfenster, Brucklacher. Kommen Sie doch rein ins Haus. Ihr Kollege sitzt auch schon erwartungsvoll da."

Der Anrufer legte auf, ohne eine Antwort abzuwarten. Brucklacher fühlte sich ertappt wie ein kompletter Vollidiot. Ohne nachzudenken ging er in Richtung Eingangstüre. Sie war nur angelehnt. Er trat ins Haus. Von außen war nicht zu erkennen, was sich im Inneren des Gebäudes verbarg. Offenbar hatte Familie Schnitzler ein Faible für schlichte Wohnkultur. Nichts lag umher. Alles war in Weißtönen gehalten. Der großzügige Eingangsbereich sah aus wie eine japanische Teestube. Nach rechts stand eine Tür zur Garage hin offen. Die Deckenbeleuchtung warf ein unwirkliches Licht auf den schwarzen Geländewagen mit den getönten Scheiben. Brucklacher wollte soeben dort hineingehen, als sich eine Stimme am anderen Ende des Korridors meldete.

„Das können wir später erledigen. Kommen Sie doch ins Wohnzimmer, Ihr Kollege muss Ihnen noch etwas mitteilen."

Arglos durchquerte er den nüchternen Raum und ging durch die Wohnzimmertür. Die Szene war unwirklich. Alle Rollläden waren geschlossen. Die Möbel lagen im Dämmerlicht. In der Mitte des Raumes saß Radtke auf einem Stuhl. Seine Arme und Beine waren mit Kabelbindern an Lehne und Beine des Stuhls gefesselt. In seinem Mund steckte ein Putzschwamm. Brucklacher wusste sofort, dass etwas Furchtbares kommen würde. Schnitzler hatte ein fahle Gesichtsfarbe. Etwas Irres lag in der Luft. Mit einem Ruck zog er den Schwamm aus Radtkes Mund.

„Jetzt sag was!",

zischte er hervor. Im nächsten Moment durchtrennte er Radtkes Hals mit einem scharfen Küchenmesser. Brucklacher hörte sogar das Schleifen der Klinge, als sie Luftröhre und Weichteile durchtrennt hatte und auf die Wirbelsäule traf. Nur noch ein Gurgeln und Blubbern entströmte der Wunde, als Schnitzler Radtkes Kopf nach vorne fallen ließ.

„Sie haben das Wort, Herr Zeuge!"

Dann lachte er wie ein Ziegenbock. Brucklacher suchte Halt. Er schwankte nach hinten und traf auf die Türzarge. Nur mit Mühe überwand er den Brechreiz.

„So, und jetzt wollen wir sehen, ob Sie Ihre Hausaufgaben gemacht haben, Herr Kommissar!"

Schnitzler hielt in der einen Hand das Messer, in der anderen die Dienstwaffe des Polizisten.

„Treten Sie hinaus in den Gang, damit ich Sie sehen kann, und nehmen Sie die Hände hinter den Kopf!"

Brucklacher schrie los.

„Du verdammtes Dreckschwein! Der Mann hat dir nichts getan, und du schlachtest ihn ab wie ein Vieh?"

Seine Stimme überschlug sich.

„Unerlaubter Einwand, Euer Ehren! Ich habe ihn sauber geschächtet, so wie es jeden Tag tausenden von unschuldigen Tieren widerfährt!"

Brucklacher wandte sich ab.

„Du bist ja komplett irre! Wie soll das jetzt weitergehen? Wirst du jetzt jeden abstechen, der dir auf die Schliche kommt?"

Schnitzler verzog keine Miene.

„Schon wieder falsch! Ich werde ein paar von euch mit mir nehmen, so einfach ist das!"

Dann drückte er ab. Brucklacher spürte einen dumpfen Schlag auf dem Oberkörper. Die leichte Kevlarweste, die

ihm Dieter Harting ausgeliehen hatte, verhinderte das Schlimmste. Er rollte sich im Fallen zur Seite und riss ein Telefonschränkchen mit zu Boden. Der Staatsanwalt feuerte ein weiteres Mal, war aber ein lausiger Schütze. Das Projektil schlug durch das Türfutter und blieb in einer Sitzauflage stecken. Dann ging er seelenruhig in seine Garage und bestieg den schwarzen Geländewagen.
Der Achtzylinder sprang mit sattem Gurren an. Während der elektrische Garagentoröffner die Aluminiumlamellen nach oben wegzog, sah Schnitzler in den Innenspiegel und zog sich seine Krawatte zurecht. Dann fuhr er das Fahrzeug aus der Garage. Mehrere Nachbarn standen in ihren Vorgärten und schauten sich erschrocken um. Es war geschossen worden, aber keiner wusste genau, wo. Der Touareg schob vorwärts und bog um die nächste Straßenkreuzung. Die Tür von Schnitzlers Haus wurde aufgerissen und Brucklacher wankte nach draußen. Er brüllte die Nachbarn an.

„Schnell, wir brauchen einen Krankenwagen,
da drin im Haus!"

Seine Brust brannte und stechende Schmerzen behinderten ihn beim Atmen. Vermutlich hatte der Aufprall des Projektils ihm eine Rippe gebrochen. Er schleppte sich bis zu seinem Wagen und wollte gerade einsteigen, als ihn einer der Anwohner daran hindern wollte. Brucklacher schlug die Hand beiseite:

„Ich bin im Dienst, du Arsch!"

Dann ließ er seinen Daimler an und fuhr viel zu schnell Richtung Stadt. Jetzt arbeitete der stockende Verkehr zu seinen Gunsten. Schnitzlers Touareg hing an einer Bedarfsampel fest. An schwarzen Geländefahrzeugen herrschte zwar wirklich kein Mangel, aber heute war er der einzige, der sich durch den Innenstadtverkehr quälte. Brucklacher überfuhr drei rote Ampeln, bis er sich auf wenige Meter an den Wagen des Staatsanwalts herangearbeitet hatte. Er öffnete sein Handschuhfach und entnahm den Holster mit der Heckler & Koch.

Der Sicherungshebel war schon lange nicht mehr betätigt worden. Mit entsicherter Dienstwaffe auf dem Beifahrersitz hängte er sich an den Touareg. Hier im dichten Verkehr konnte er nicht riskieren, auf das Fahrzeug zu schießen. Wenn der Staatsanwalt tatsächlich zu seiner Familie an den Bodensee fuhr, würde er die Autobahn Richtung Singen nehmen. Irgendwo vor der Autobahnauffahrt musste er den Wahnsinnigen stoppen, bevor noch mehr Unschuldige zu Schaden kamen. Für einen Polizeieinsatz war es zu spät. Brucklacher hatte keine Nerven mehr, die Kollegen vom schnellen Handlungsbedarf zu überzeugen. Alles hing jetzt von ihm ab. Seltsamerweise verschwanden die Schmerzen in der Brust. Vermutlich schüttete sein Körper Adrenalin in hohen Dosen aus. Ein Stadtbus zog direkt vor Brucklachers Wagen auf die linke Fahrspur. Mit quietschenden Reifen kam der Daimler gerade noch rechtzeitig zum Stehen. Ohne viel zu überlegen, zog der Kommissar nach rechts auf die Busspur und überholte. Doch wo war der Touareg abgeblieben? Nach beiden Seiten gab es die Möglichkeit abzubiegen. Der Kommissar entschied sich für links und landete prompt in einem Einbahnverkehr. Vom Geländewagen keine Spur mehr. Wut stieg in ihm auf und er schlug auf sein Lenkrad.

Er bog in die Altstadt ab. Als er einem rechtwinkligen Knick der Gasse folgte, fuhr er beinahe auf ein stehendes

Fahrzeug auf. Es war der Touareg. Der Kerl hatte einfach sein Fahrzeug hier abgestellt. Im Nu bildete sich ein kleiner Stau. Brucklacher wollte schon aus dem Wagen steigen, als er den Staatsanwalt aus einem der Gebäude stürmen sah. Er schob Monika Freyh vor sich her. Die beiden waren auf der Flucht, Das konnte man ihrer ganzen Körpersprache entnehmen. Ein Hupkonzert begleitete die Aktion. Sie hatten den Kommissar nicht bemerkt, der direkt an ihrer Stoßstange klebte. So war das also!
Schnitzler wollte nicht zu seiner Familie. Er wollte mit seiner Geliebten untertauchen!

„Daraus wird nichts, du Schwein!",

stieß Brucklacher hervor. Noch bevor Schnitzler sein Fluchtfahrzeug wieder erreichte, war Brucklacher bei ihm. Der Staatsanwalt blieb stehen und sah den Kommissar an wie einen Geist. Brucklachers rechte Faust knallte auf sein Nasenbein.

„Das ist für die Hofleitner!"

Dann stieß er ihm die Linke in die Magengegend.

„Und das für Radtke!"

Schnitzler lief rot an und sank auf die Knie. Brucklacher drehte ihm den Arm auf den Rücken bis es knackte und stieß ihn zu Boden.

„Ich verhafte dich wegen Mordes und hoffe, dass du eine Höllenzeit im Knast erleben wirst!"

Monika Freyh heulte unentwegt und setzte sich auf den Boden neben ihren tollen Hecht.

KAPITEL 52

Brucklachers Genesung machte gute Fortschritte. Die Kollegen gaben sich die Klinke in die Hand. Im Privatfernsehen hatte man den wackeren Kommissar bereits zum Serienhelden erkoren. Doch Brucklacher lehnte die Angebote dankend ab. Er hatte nicht vor, bis an sein Lebensende den Ermittler zu mimen. Die Wirklichkeit war kompliziert genug. Entgegen seinen sämtlichen Vorlieben für die Botanik hatte man ihm noch eine Hasendame für seinen Hansi zum Geschenk gemacht. Jetzt stand einer erfolgreichen Zucht nichts mehr im Wege. Brucklacher nahm es gelassen. In Zukunft wollte er kürzertreten und dachte über eine Altersteilzeit nach.

Seine größte Freude erlebte er noch während seines einwöchigen Krankenhausaufenthaltes. Polizeiobermeister Radtke hatte den Anschlag überlebt. So phantastisch es auch in seinen Ohren klingen mochte, den Ärzten war es gelungen, die furchtbare Halswunde wieder zu schließen. Wie durch ein Wunder war die Hauptschlagader bei dem tiefen Schnitt unverletzt geblieben. In einer mehrstündigen Operation hatten die Mediziner der berufsgenossenschaftlichen Unfallklinik Tübingen ein Meisterstück abgeliefert und Luft- und Speiseröhre wieder zusammengenäht. Schon bald sollte er wieder aus dem Krankenhaus entlassen werden. Brucklacher freute sich jetzt schon auf das Wiedersehen. Die Kevlarweste mit den Aufschlagspuren hing hinter Glas gerahmt in seinem Büro an der Wand. Während der Ermittlungen achtete man sorgsam darauf, den Kommissar nicht zu belasten. Anhand von Lackspuren konnte zweifelsfrei Schnitzlers Touareg als Tatwaffe identifiziert werden. Auch die Reste des Brandbeschleunigers wurden in der Garage des Angeklagten sichergestellt. Bis zum Prozessbeginn war es nicht erwiesen, wer den Wagen gefahren hatte. Schnitzler und Freyh beschuldigten sich gegenseitig. Keiner der Verdächtigten hatte ein Alibi für die Tatzeit. Es klingelte an Brucklachers Tür. Er öffnete ahnungslos.

„Hallo, Manfred!"

Sven Nickel und Professor Escher standen im Türrahmen.

„Na, so eine Überraschung! Euch hätte ich jetzt aber am wenigsten erwartet. Und ein Wunder ist geschehen! Der Professor auf den eigenen Beinen! Ich fasse es nicht!"

Es gab so etwas wie eine kleine Umarmung. Dann führte Brucklacher die beiden Gäste auf die Terrasse, wo sie es sich im Schatten einer Zierkirsche gemütlich machten.

„Lieber Sven, ich traue mich gar nicht, dir einen Kaffee anzubieten. So wie du deinen Cappuccino zelebrierst, kriege ich das nicht hin!"

Nickel lachte:

„Für mich heute ausnahmsweise Wasser. Aber ich glaube, mein Onkel würde lieber ein Glas Sekt trinken."

Professor Escher lachte auf.

„Diese Jungen nehmen einfach kein Blatt vor den Mund!

Aber wenn noch jemand mit mir trinkt, wäre ich nicht abgeneigt."

Die Klingel ging abermals. Harting und Radtke mit Kopfverband standen im Türrahmen und grinsten.

„Ich werd verrückt! Das artet ja zu einem richtigen Familientreffen aus!"

Er drückte den beiden ein Glas in die Hand und bat sie, Platz zu nehmen. Brucklacher hatte reichlich Sekt im Kühlschrank. Beinahe jeder zweite Besucher brachte ihm ein Fläschchen davon mit. Er entkorkte einen Rieslingsekt und setzte sich mit an den Tisch. Sven Nickel ergriff das Wort:

„Eigentlich wollten wir dir das persönlich sagen, bevor du es aus der Presse erfährst. Wir haben beschlossen, das unglückselige Patent öffentlich zu machen, bevor sich noch mehr Unheil daraus entwickelt. Dann hat niemand mehr einen Grund, uns bestehlen zu wollen. Durch diesen Krause ist eh schon sehr viel von dem Algorithmus entschlüsselt worden. So geben wir also etwas preis, was sowieso kein Geheimnis mehr war."

Brucklacher war sehr zufrieden. Mit dieser Lösung bestand tatsächlich keine Gefahr mehr für seine neuen Freunde. Sven zog ein längliches Mitbringsel aus seinem Kittel.

„Hier, das ist für dich, weil wir dir viel zu verdanken haben, lieber Manfred."

Brucklacher ahnte schon etwas und riss das Geschenkpapier auf. Zum Vorschein kam das Feuerhakenbesteck aus Professor Eschers Wohnzimmer.

„So ein Pech aber auch! Da muss ich mir ja noch einen Kaminofen dazu kaufen."

Professor Escher entgegnete entspannt:

„Eine schöne Möglichkeit etwas für die Umwelt zu tun. Einfach zur Messe gehen und ein günstiges Angebot wahrnehmen. Bequemer geht's nicht."

Brucklacher errötete und nahm einen Schluck Sekt zu sich. Um das Messegelände würde er in Zukunft einen großen Bogen machen.

Epilog

Der Fotograf Klaus Jürgen Mesmann schwamm auf einer Woge des Erfolgs. Seine Arbeiten hatten es bis in die Kunsthalle geschafft. Soeben wurde er von einer ganzen Meute von Presse- und Medienvertretern belagert. Seine Assistentin hielt sich im Hintergrund und traf die Terminabsprachen. Inzwischen war sein ungepflegtes Aussehen zu einem Markenzeichen geworden, das er lässig zur Schau trug. Besonders das junge Publikum wurde magisch von Mesmanns Bildern angezogen. Er wurde nicht müde, die Grenzen der digitalen Welten zu betonen und alles Körperhafte in den Vordergrund zu stellen. Der Fotograf arbeitete ausschließlich mit den Bewohnern von Alten- und Pflegeheimen zusammen. Dabei gelang es ihm, die Menschen so würdevoll abzulichten, als läge das ganze Leben noch vor ihnen. Nickel war ebenfalls zur Vernissage erschienen und befand für sich, dass er schon bessere Arbeiten auf Mesmanns Festplatte gesehen hatte.

Vom Autor sind bereits erschienen:

Rotmund in den Weiden
Rotmunds Reise
Rotmund und die grosse Stille